春花焰

（上）

黑顏 著

春花焰 上 目錄

楔子——孤墳

野花一株何人栽，欲開未開迎春來。

桃紅杏粉李白，迎春滿枝臨風擺，海棠開自在。

正是二月時分，春花漫山遍野，是沉醞了一個季節的熱烈。

在荒地中，一座孤墳湮沒在蔓延的迎春花下，無碑，卻不冷清。

男人手握馬鞭立於墓前，墨色深衣，銀白外袍，一個杏紅色的香囊靜靜地垂在腰間，若有似無地散發著一股薔薇花的香味。

一匹高大的白馬在不遠處吃著草，而在更遠的杏花林外，俊秀的少年牽著馬靜靜地等待著，偶爾往裡面投去不安的一瞥。

男人抬起手，似想觸摸什麼，卻又僵硬地放下。眼中浮起複雜難言的神色，隨即被濃濃的戾氣所代替。

「女人，死是這麼容易的嗎？」他微笑，驀然抬手一掌擊向孤墳。

一時間花搖枝斷，落黃如蝶翻飛。

少年遠遠地看見，驚得慌忙跑過來，只是這片刻間，男人已經連發數掌，擊得泥土四濺，削平了大半個墳頭。

「爺……」少年想要阻止，卻又不敢。

男人沒有理他，又發了幾掌，直到看見裡面已開始腐爛的女人屍體。

沒有棺材，甚至連一張草蓆也沒有，只是一身破衫，就那樣靜靜地躺在泥土中，無數蟲蟻從她身上飛快地爬開。

男人手一緊，已蓄足力量的一掌再也發不出來。

「怎麼回事？」他看著女人面目全非的臉問，聲音低啞。

從少年的角度可以看到男人不知是因憤怒或是其他而變得赤紅的眼，他不由得打了個哆嗦。

壓住心中的寒意，少年急忙解釋，「回爺，是眉林姑娘臨去前的意思，她說……」他小心翼翼地瞥了眼主子，看其沒有不耐煩，才又繼續往下說，「她說與其拘於棺材、草蓆那一方之地，倒不如與泥土相融，滋養出一地春花，她也好沾些光。」

沒人再說話，只有微寒的風帶著滿山的花香輕輕拂過屍體的表面，竟然讓人聞不到一絲腐臭。

「她還說了什麼？」良久，男人方才低聲問，垂在腿側的手竟有些顫抖。

少年沒有注意到，他仔細地想了想，然後搖頭，「回爺，沒了。」

男人的喉結上下滑動了一下，突然咧開一個比哭還難看的笑，「沒有……沒有了嗎？妳竟是到最後也不……」也不念他一下，哪怕是恨。

他還是將後面的話都嚥了回去，等著它爛在肚子裡面，然後手中馬鞭驀然揮出，將屍體捲出了土坑。

「爺！」少年驚呼，撲通一下跪在男人面前，哀求道：「爺，眉林姑娘就算再有不是，人死如燈滅，您就讓她入土……」

如狂獸般嗜血的目光令少年不由自主地斂了聲，他長鞭揮出，狠狠地抽在屍體身上。

「妳想給予春花，我偏不許！」

再一鞭，沉悶的響聲中，破布飛揚。

「妳想就此安生，我不許！」

惡毒的誓言帶著難以察覺的哽咽，銀白外袍飄落，將沾染著泥土的腐壞屍身掩住。

男人突然彎腰抱起屍體，幾個起落躍上馬背，然後策馬穿過杏花林，向雲天相接的地方狂奔而去。

二月來，桃花紅了杏花白，油菜花兒遍地開，柳葉似碧裁……

恍惚間，他似乎聽到女人在耳邊低唱，如同去歲在那荒僻的山村中般。

他靜靜地躺在床上，她在院中晾洗衣物，陽光穿透破舊的窗紙，如蝶般在他眼前飛舞。

第一章——眉林

一樹梨花一溪月，不知今夜屬何人？

她是四十三，與這裡的其他人一樣，沒有名字。

她不記得來這裡之前的事，除了那橫伸在路上擋住馬車的滿枝梨白，以及野地裡成片成片的薺菜花，那是她整個兒時的記憶。

然後就是訓練，成為死士的訓練。

死士的訓練最完美的成果就是——泯滅人的本性以及對死亡的畏懼，只剩下狗的忠誠。

很多年之後她都在懷疑，自己是不是在那個時候吃藥吃壞了腦子，不然怎麼會死心塌地的喜歡上那個王八蛋？

事實上，相較於其他死士，她顯然是不合格的。

她怕死，怕得不得了，所以為了活著她不介意學著做一條狗。

四十三進去的時候，大廳裡已經站了十多個如同她一樣蒙著黑色面紗的妙齡女子。她目不斜視地從她們中間穿過，在隔開內外的珠簾前跪下，眼睛落在膝前一尺的地方。

「主人。」

「坤十七病，由妳補上。」裡面傳出的聲音似男似女，讓人難以分辨，顯然是故意為之。

「是。」四十三沒有絲毫猶豫，雖然她並不知道自己接收到的是什麼任務。

「很好，妳進來。」

四十三不敢起身，於是雙手著地，就著跪的姿勢爬了進去。一穿過晃動的珠簾，她立刻停了下來。

一雙青緞繡暗花的靴面無聲無息地出現在她的視線中，有淡雅的熏香飄入鼻中，她心中突然冒出一股寒意。

未等她想明白是什麼原因，對方已經出掌按在她的頭頂。

她臉色微變，卻只是一瞬間，便又恢復了正常，認命地閉上眼，任由一道強橫的內力由百會鑽入，片刻破去她苦練了十多年的功體。

一口鮮血由口中溢出，她面色蒼白地委頓在地。

「妳不問我為什麼要廢去妳的武功？」面對她的沉默，那人反倒有些好奇。

因為喉嚨中仍然有甜腥味，四十三嗆咳了一聲，才柔順地道：「是。」

聲音中竟聽不出絲毫怨懟！

自從被帶入暗廠以來，他們最先學會的就是說「是」。

那人彷彿想起了這一點，不由得一笑，揮了揮手，「都下去吧！」

「是。」

四十三退出珠簾的時候，人已經走了個乾淨。她吃力地站起身，卻不敢轉身，仍是以面朝著珠簾的方向倒退著往外走。

就在她跨過門檻的時候，簾內突然傳來一聲咳嗽，驚得她差點兒跌倒，幸好裡面的人並沒注意。

總管在外面等著她，交給她一個紫色錦囊，沒有說多餘的話，便安排她上了候在外面的馬車。

四十三知道，錦囊裡面就是她此次的任務。

眉林……眉林嗎？

她額角抵著窗框，耳中聽著同車女子嬉笑的聲音，一絲說不清是興奮還是悵惘的滋味浮上心間。

從此她就要叫這個名字了，四十三，這個隨了她十五年的數字就要永遠被湮沒在暗廠那讓人連回想也不願回想的地方。

從此，她有了名字，有了身分，甚至還有一堆從來不曾見過的家人。

她代替了另外一個女子，在西燕隨同子顧公主一起來大炎和親的三百美人當中。

當然不止一人被李代桃僵，那些坤字開頭的女子便是專為這而培養，她不過是撿了一個便宜。

也許，在被她蒙混了近五年之後，總管終於開始不耐煩，所以才會以這種方式將她打發掉。

也好，終於可以離開那個充滿腐臭和死亡的地方，看看那深刻在腦海中的似錦繁花了。

就算沒了武功，就算體內有著每隔一個月便會發作的毒藥，那也遠勝過必須時時面臨與人爭奪生存機會的生活。

此時已入了秋，官道兩旁的山林一片蒼翠，可見深紅淺黃夾雜其中，絢若春花。可終究不是春花。

近了，掃過車窗的時候，便能看清一片片枯黃招搖的葉子，被風一吹，簌簌落下，讓人感到飄零的淒涼。

眉林不喜這個，便收回了目光，微笑地傾聽同車女子談話。

兩日前，她被送至離昭京兩百里遠的安陽。那時，西燕和親的人馬正歇宿於該地的驛館。

次日啟程時，供美人乘坐的馬車因為禁不住長途跋涉而磨壞了兩輛，於是不得不將原本乘坐那兩輛馬車的美人分至其他車中。

眉林便是在這種情況下坐進了現在的這輛馬車的。

相處了兩日後，她終於知道為什麼沒有人懷疑她的身分。

原來趕路辛苦，加上規矩所限，這些美人下車之後極少有交談的機會。就算有，也是與同車之人。因此對於其他車中的人都不熟悉，更不用說那些連美人容貌也很難見到一面的護衛了。當然，這事如果沒有西燕上位者的配合，又哪能如此容易。

只是這裡面的事不該她去想，就最好別去想，知道得太多並沒有好處，她還有更迫切需要解決的事。

西燕語。

同車女子說話柔美軟膩，溫潤婉約，如同唱曲一般，當真是說不出的好聽，只可惜不知在說些什麼。

作為一個從西燕來的人，竟然連燕語都聽不懂，這會是多麼可笑的一件事。

整個行動的每一個細節都安排得極為嚴謹，為何卻獨獨在這上面留下了漏洞？

她想不明白，卻不得不小心翼翼地應付。

正沉思間，耳窩微暖，有人湊在她耳邊說了句話。

眉林強壓下反射性想要推開的動作，回眸，發現是五女中長得最美也最溫柔的那個少女，對方正關切地看著她。

她臉上立即浮起笑容，心念急轉，思索著應對之法。

就在這時，原本行駛得就不快的馬車突然停了下來，引開了身旁少女的注意力。

眉林悄悄地鬆了口氣，也跟著其他人往車窗外看去。

他們的馬車位於隊伍中間，又不能探出身去，其實什麼也看不到，只能聽到急促的馬蹄聲由遠而近，然後在隊伍的前方停下。不用想，必然是被侍衛長攔住了。

就在眾女疑惑而又好奇地猜測發生了什麼事的時候，馬蹄聲再次響起，其間還夾雜著呼喝之聲。

這一次卻是己方的侍衛在挨車驅人下車。

原來和親人馬因在路上屢有耽擱，比預定抵達昭京的時間晚了近月，正趕上大炎皇朝一年一度的秋季圍獵。圍獵地點在昭京西南三百里地的鹿山，也需要經過這條路。好巧不巧，兩隊人馬竟然撞了個正著。

幾人下得車來時，前面的馬車已經被趕到了路邊，公主的車駕則在侍衛長的護送下離開了車隊，往遠處旌旗招展，甲冑森森的隊伍快速馳去。

大約過了一炷香的工夫，有內侍過來傳旨，著和親人馬隨駕前往鹿山。

眾人紛紛跪伏路邊，直等到騎在馬上，一身戎裝的大炎皇帝，率著皇子王孫文武百官浩浩蕩蕩地過去之後，才起身回車，跟在後面。

大約是被那嚴整肅穆的氣氛震懾住了，上車之後，少女們都不敢再出聲交談。

眉林不由得暗自僥倖，但也知這樣的運氣不是時時都有，她如果不及早想出應對之策，只怕很快就會露出馬腳。

日行百里，兩日後，至鹿山山麓。其時武備院已經在其平曠之處設好行營，建起帳殿，以黃鬆木城圍繞，立旌門，並覆以黃幕。外設網城，有人輪流值宿守衛，以防有人闖入。

和親的人馬除了公主以及貼身侍女以外，餘者皆被安排住進了外營，沒有允許不得外出。

美人們都隱約有了預感，她們的命運或許即將在此地被決定。雖然早在被選定成為子顧公主陪嫁的時候，對此就已有所覺悟，但真到了這個時候，還是會覺得恐慌和不安。與眉林同帳的五個少女也是一樣，再沒了前幾日的活潑嬉笑，秀眉都不自覺地輕蹙，籠上了一層薄鬱顯得心事重重。

對此不是很在意的眉林，則一心掰著手指數著下月取解藥的日子，並為要用什麼樣的情報去換取效果比較好的解藥而發愁。到目前為止，唯一讓她感到慶幸的是，自隨帝駕以後，少女們都開始改說大炎話，其流利程度竟是比她這土生土長卻極少開口說話的大炎人有過之而無不及。

翌晨，曙色初露的時候，嘹亮的號角聲響徹遠近平野。馬蹄如雷，夾雜著人的呼喝，將連日趕路疲憊未醒的少女們驚醒。她們驚疑不定地互相對望著，如同山林中那些即將被無情捕獵的小動物。

時間在讓人煎熬，對命運的等待中緩慢流過，山野的夜幕終於隨著獵手們的回歸而降臨。

篝火在寬敞的營地間燃起，新獲的野味架在了火焰上。歡聲笑語穿過營帳的間隙，遠遠地傳來，讓人幾乎可以想像出那裡的熱鬧。

就在諸女坐立不安卻又不敢睡下的時候，終於等到了召喚的旨意。然而出乎意外的是，並沒有讓她們表演之前以為會有，並為之精心準備了很久的歌舞技藝，被火光照亮的寬敞空地上鮮花的殘瓣以及利器劃過的痕跡，顯示出之前這裡已有了精彩的助興節目。

三百個美麗的少女分成十列，每列三十人，整齊有序地立於空地中央，等待著王公大臣們的挑選。

眉林站在最後面，稍稍往右側了側身，便能看到位於上位的大炎皇帝。

也許他曾經年輕力壯，意氣風發過，也許他仍然英明威嚴，殺伐果斷，但她看到的卻只是一個消瘦隱現病態的中年男人。他的眼狹長中隱現嫵媚，卻被眼下的青色破壞了那原本應有的睿智，讓人心生不舒服的感覺。

在他的左側下首，坐的都是一些二、三十歲的戎裝青壯年男子，顯然不是皇子王孫，便是青年將領，為本次圍獵活動的中堅力量。

在他的右手邊，美麗的子顧公主蒙著面紗，低垂著頭，對於她們的出現從頭至尾連一眼也沒有看過。而與她同側的人，則多做文士裝扮。

眉林一眼將所處環境看了個清楚，便垂下了眼，不再左顧右盼，耳中傳來炎帝有些虛弱卻不乏威嚴的說話聲。

「今日圍獵，玄烈你拔得頭籌，朕准你先選。」

此話一出，坐於左側最上位的男子忙起身謝恩，但卻並沒立即回頭挑人，而是笑道：「公主初來大炎，必然會有所不習慣，父皇何不先為公主留下幾名合心之人以慰左右？」

他此話說得圓滑，表面是體諒遠客，但實際上卻是讓炎帝先留下看中之人。畢竟公主最終是要入宮的，那她身邊的人皇帝自然什麼時候想要都行。

對於兒子的體貼，皇帝當然是老懷甚慰，「你倒是有心。」

說著，他轉頭看向子顧公主，語氣溫和地問道：「玄烈說得不錯，子顧妳便挑幾人留在身邊伺候吧！」

聞言，一直低垂著眼的子顧公主終於抬起頭，飛快地掃了眼慕容玄烈，然後彎腰對著炎帝行了一禮，淡淡道：「但憑皇上做主。」

她生在帝王家，又哪裡不明白這些男人在想什麼？

於是老皇帝龍眸一掃，便要下了幾女。

那一瞬間，眉林看到他原本有些渾濁的老眼分明閃爍著熠熠精光，背上不由得冒了一層冷汗，暗自慶幸站在末位。畢竟一旦踏入皇宮，想要再出來，可不是一件易事。

接下來，自慕容玄烈起，在場男人皆分到了兩到三女，倒也沒人不識趣地當真在皇帝面前挑挑揀揀，何況此次陪嫁而來的燕女都是百裡挑一的美人。

場內還剩下近百少女，炎帝便著近身內侍清點了，準備帶回京分賞給未能來參加圍獵的重臣要員。眉林正是其中之一，她看著那些或真心歡喜，或強顏歡笑，命運卻都已定下的少女，心中有瞬間的迷茫，不知自己會遇到什麼樣的人？但她這種情緒並沒有持續太久，很快便被一個突然闖進來的人打散了。

眉林正恍惚間，突覺腰間一緊，已被帶入一個人的懷中，同時，與她位置相鄰的燕女也落進那個人懷中，兩人措手不及，額頭差點兒碰到一起。

仰頭，一張年輕英俊的男人臉龐映入眼簾，還沒等她看清對方的長相，「啵」的一聲，臉已被重重地親了一下。

眉林嚇了一跳，看他又轉過頭去親懷中另一個女子，一時也不知要怎麼反應才好，只能由得他摟著往前走去，心中卻猜到此人身分必然不低。

果然，那人還沒走到皇帝近前，已聽到慕容玄烈的笑聲。

「璟和，你來遲了，莫不是梅將軍已允你入帳？」

他這話看似調侃，眉林卻敏感地察覺出了一絲譏諷，目光悄悄地瞅了眼上位的帝王，看見他臉上毫不掩飾的不耐和冷漠，不免有些納罕。

但抱著她們的男人卻恍若不覺，聳了聳肩，露出一個無奈的表情，「皇兄說笑了，落梅可不是這些女人……」一邊說，他還一邊在懷中兩女身上亂摸。

渾蛋！眉林強忍著心中的厭惡，腦海中剛浮出這兩個字，已有人替她罵了出來。

「孽障！」那是坐在最上面的那個人的怒斥。

眉林感覺到男人的身體僵了一下，很快又恢復正常。他帶著兩人朝炎帝行了個禮，笑嘻嘻地道：「兒臣來遲，父皇恕罪。」

雖是這樣說，語氣中卻聽不出絲毫的愧意。

「成何體統，還不給朕滾到一邊去！」老皇帝顯然極不喜這個兒子，甚至不願花更多的時間去教訓他。

即便如此，男人仍然是皇子，很快便有人讓出了慕容玄烈下首的位置，並擺上新的酒菜碗筷。

慕容璟和吊兒郎當地應了一聲是，便坐入席中，與懷中美人嬉鬧去了，對於那些自他出現便神色各異的人視若無睹。

被灌了兩杯酒後，眉林才看清他的長相。

男人長得與老皇帝並不是特別相似，但那雙眼卻承繼了個十成十。狹長，上挑，只是半開半闔的沒什麼神氣，像是總也睡不夠似的。五官輪廓分明，鼻直唇豐，確實很英俊，不過面色白中隱泛青色，神態輕浮頹廢，給人縱欲過度的印象。

要監視這樣的一個人應當不難吧？眉林鬆口氣，眉頭卻不由輕蹙，她知道不難的同時也代表著要想從其身上獲取重要的情報，只怕沒什麼希望。

此次她們被安插進和親的陪嫁美人當中，目的就是接近大炎的重臣要將，說白了就是充當奸細。錦囊中並沒明確指出讓她特別注意哪方面，但卻擺明越有價值的情報所獲得的解藥效果越好。

價值，價值，價值個屁！

她在心中罵了句粗話，唇卻仍然溫柔地彎著，低眉順目地為正在戲玩另一個少女的男人斟酒。不料男人突然伸手在她胸脯上抓了一把，驚得她把酒撒在了外面。下一刻，人已被推向鄰席，耳邊同時響起男人滿不在乎的笑。

「皇兄，你不是喜歡胸大的？我拿這個換你右邊那個。」

少女的嬌呼聲響起，然後是狼狽的避讓，眉林跌在了一人身上。一股清淡雅致的熏香在濃烈的酒氣與烤肉的混合味道中躥入她的鼻腔，讓她心中一凜，尚未來得及做出任何反應，下巴已經被人捏著抬了起來。

相較之下，慕容玄烈長得更像老皇帝，不知這是不是他分外得聖寵的原因？那雙眼睛長在他偏秀雅的臉上似乎更合適一些，使得那張臉俊美得近乎邪氣。

只見他長眸微瞇，只看了眉林一眼，便放開了手。

「用另外一個。」他雖然沒說什麼，但眼神和語氣都流露出明顯看不上的味道。

慕容璟和二話不說，示意懷中的少女過去。

眉林暗暗地鬆了口氣，又自動回到慕容璟和身邊。

慕容玄烈的眼中鋒芒畢露，自不是易與之輩，與其時時刻刻提心吊膽，她寧可跟在各方面條件都不及他的慕容璟和身邊，至少丟掉小命的機率要小許多。

兩個皇子交換女人顯然是微不足道的事，並沒引起其他人的注意。

老皇帝龍體欠佳，只坐了一會兒便在內侍的攙扶下先行離開，與他同時離開的還有子顧公主。

最讓人敬畏的存在消失，又有美人相伴，現場的氣氛頓時熱烈起來。

從慕容玄烈身邊換過來的少女冷著臉，不似其他女子那樣溫柔順意。不知是本性如此，還是不滿這樣的交換。

眉林不著痕跡地打量她，並不覺得其容貌有什麼特別之處。雖然美麗，但卻也沒美到超過之前那位的地步。平心而論，她甚至覺得少女的鼻子過於尖了點兒，讓人感覺很不舒服。

奇怪的是，慕容璟和對於少女的無禮不僅不介意，反而很熱衷於逗她說話，即便被瞪還是笑嘻嘻的毫不生氣，直看得眉林下巴差點兒沒掉下來。

賤啊！她心中嘀咕，唇角卻掛著溫婉的淺笑，一杯又一杯地勸酒。一直緊繃的情緒終於有所放鬆，看男人對她愛理不理的樣子，今夜自己大概是用不著陪睡了。

從少女偶爾一句的回應中，眉林得知她名叫阿玳，而自始至終，慕容璟和都沒問過眉林的名字。

宴散，兩女隨慕容璟和回到他的營帳。

「妳等在這裡。」在帳外，慕容璟和第一次跟眉林說話，眼睛卻仍然色咪咪地盯著阿玳，其中意味不言而喻。

眉林應了聲，止步，心中大大地舒了口氣。雖然秋夜寒涼，但總比被一個渾蛋色胚壓在身下來得好。

然而，她這口氣還沒完全舒出來，事情就急轉直下。就在慕容璟和伸手去攬路上始終與他保持著一定距離的阿玳的時候，少女卻突然用一把不知從何而來的匕首抵在了自己的胸口。

「你若碰我，我便死在你的面前。」她聲色俱厲，美眸中流露出悲苦絕望的神色。

眉林傻了，目光從少女滿是堅決的眼睛移向匕首，這才發現那竟是宴席上用來切割烤肉的匕首！沒想到竟被少女無聲無息地藏了起來，看來就是為了應付此刻。她暗暗叫苦，預感事情會往自己不希望的方向發展。

果然，慕容璟和只是略感意外，而後便「噗哧」一聲笑了出來。他也不勉強，擺了擺手，道：「那妳留在外面。」

說著，他轉向眉林，笑吟吟地問，「要不要我也借妳一把匕首？」

他雖然笑著，眉林卻看出那雙半眯的眸子毫無笑意，心底莫名打了個寒噤，忙主動上前偎進他的懷中，賠笑道：「奴婢已是殿下的人，自然任憑殿下處置。」她話說得含混而曖昧，雖然沒有直接否決掉他不善的提議，卻也不會讓人誤讀其中的意思。

眉林不認為自己有著阿玳的憑恃，雖然並不清楚那憑恃是什麼，但也不會傻得去試探仿效。又或者說，她完全無法理解以自己的性命去要脅別人的做法，對於這些視她們為玩物的男人來說，她們的命根本不值錢。

她的識時務顯然很受用，慕容璟和淡淡一笑，驀地彎腰將她打橫抱起，進了營帳。

那笑不帶任何含義，淡漠得不像這個人能擁有，眉林恍了下神，思及之前男人不帶笑的眼神以及自己因之所產生的寒意，心中暗暗警惕起來。

只怕這個人不像他表現出來的那樣膚淺庸俗，剛轉過這個念頭，她已被拋了出去，重重地落在厚厚的氈毯上。下一刻，慕容璟和便壓上了她的身。

嗆鼻的酒味混雜著陌生的慕容璟和氣息將她包繞，眉林終於對即將發生的事開始感到惶恐不安起來。

她不是沒見識過男女之事，當初在暗廠裡的時候，那些教官頭子借著職務之便，不知玩弄過多少少年男女。她之所以能逃過，據說是因為她有一個患有暗疾的窯妓母親，在那些人的眼中，她體內流的血都是髒的。

對此她其實是沒什麼印象了，但同室少女痛苦的表情卻深刻在了她的腦海中，此時不由自主地想起，心裡便有些發怵。

害怕自己會臨陣退縮做出丟小命的事，她汗濕的手攥住了身下的氈毯，頭偏向一邊，唇角的媚笑早已僵硬。

事實證明，慕容璟和也不是個憐香惜玉的主，甚至連敷衍的前戲也沒有，便直接佔有了她。

眉林痛得悶哼出聲，身子緊繃，額角的頭髮被冷汗浸濕。

對於她的乾澀和緊窒，慕容璟和顯然也有些不適，刀削般的眉微微地皺了起來，冷聲道：「放鬆，妳夾痛本王了。」

聞言眉林想破口大罵，但事實上卻只能咬緊下唇，顫抖著努力讓自己去適應那火熱的存在，直到指甲刺破掌心，身體才稍稍有所放鬆。

慕容璟和立即有所感應，便不管不顧地蠻橫起來。

眉林是被刺眼的燈光以及在胸前不停騷擾的熊爪給弄醒的，還沒等她弄清自己的處境，身體上火灼般的疼痛已先一步侵襲上來，瞬間將她腦海中殘留的混沌驅散乾淨。她武功初廢，身體比一般人來得要虛弱，加上連日奔波辛苦，體內又毒素暗藏，竟是做到一半就暈厥了過去。

「不識抬舉。」慕容璟和懶洋洋的聲音突然在耳邊響起，讓她心中一驚，暗忖自己怎麼又招惹到他了？等有些費力地睜開眼，才發現他並不是在對她說話。

帳內燭焰高照，顯然還是半夜。慕容璟和一手支頭側臥在自己身邊，衣袍半敞，可以看到光滑緊繃的皮膚下微微隆起的肌肉，並不似想像中的那樣佈滿鬆軟贅肉，只是皮膚的顏色如同面色一樣白中泛青，不那麼正常。

此時他正半瞇著似乎永遠也睜不開的長眸，似笑非笑地看著帳門處，空著的手則在她赤裸的胸口猥褻地揉著。

眉林強忍著拍開他手的衝動，偏頭往外看去。

越過空蕩蕩的帳中空地，她看到阿玳跪在那裡，長髮披散著，面色灰敗，卻仍然倔強地挺著背脊。在她身後，是兩個身著禁衛軍服的男人。

身體微僵，眉林不著痕跡地側了側身，同時伸手在旁邊摸索著，想找一樣東西蓋住自己赤裸的身體。

察覺到她已醒來，慕容璟和微垂了下眼瞼，隨後目光又回到與他昂然對視，眼中滿是輕蔑的阿玳身上，不怒反笑，說出的話卻冷酷至極。

「掌嘴，讓她明白自己的身分。」

說話間，他再次翻轉身，壓在了眉林身上。

眉林悶哼一聲，感覺尚未癒合的傷口再次撕裂開，手臂卻不得不緊緊抱住身上的男人，以免自己的身體完全暴露在其他人的視線中。

隨著一聲答應，清脆的耳光聲在帳內響起，一下接著一下。

「還是妳聽話。」慕容璟和緊貼在她耳邊說話，灼熱的氣息讓她不由得起了一身雞皮疙瘩。

她想順勢說兩句奉承話，卻覺得喉嚨乾澀，無法出聲，於是只能勉強輕勾唇角，盡力露出自認為最嫵媚的笑。閉上眼，腦海中浮起一枝梨花，緊繃的心口方漸漸緩和下來。

也不知過了多久，昏昏沉沉間男人終於從她身上抽離，耳光聲也停了下來，自始至終竟沒聽到阿玳一聲求饒。

慕容璟和看著嘴角破裂噙血，卻仍然抬著腫脹的臉與他對視的阿玳，黑眸中浮起一抹異色，嘴裡卻冷笑道：「怎麼，還不服氣？」

阿玳沒有說話，美眸中的不屑之色更濃。

慕容璟和懶得再說，一揮手，意興闌珊地道：「拖出去吧，當慰勞你們。」

那意思再明顯不過，就是要將她送給整營的禁衛軍。

「不——」看到抓住自己的兩個男人眼中露出的欣喜神色，就要跪下謝恩，阿玳一直強撐的心理防線終於崩潰，尖叫出聲。

那叫聲淒厲悲涼，直直刺進眉林的耳中，讓她不自禁地哆嗦了一下，睜開眼，恰好捕捉到慕容璟和眸中得逞的笑意。

阿玳終究還是屈服了，奇怪的是，對於這一點，她並不感到意外，似乎從一開始便知道結果會是這樣。

後來她才知道，原來之前，阿玳曾經試圖逃走。

第二章——深藏

新姿雅淡清能識，香氣幽深靜始聞。

次日天還沒亮，眉林便被踢醒了。

慕容璟和一邊任近侍給他整理衣服，一邊用腳不輕不重地踢著她，看她睜開眼才作罷。

「起來，今天准妳跟我去打獵。」說這話時，他一副給了人莫大恩賜的樣子。

眉林眼睛還很酸澀，聞言有些迷茫，藏在毯子下面的赤裸身體動了動，立即疼得她倒抽一口冷氣，五官都擠在了一塊。但是在慕容璟和下一個眼神遞過來的時候，她還是撐著酸軟得像是已經化掉的腰坐了起來，躲在毯子後面摸摸索索地穿好衣服。

大抵是已經習慣了帶傷訓練，就算是在這樣的情況下，她仍然沒想過自己或許可以試著找藉口不去。

出去的時候，最終仍留在慕容璟和身邊的阿玳早已穿戴整齊地站在帳門處，微垂著頭恭謹地送兩人。然而當眉林經過她身邊的時候，她抬起了頭，毫不掩飾眼中的輕鄙和嫌惡，顯然很看不起眉林的自甘墮落。

眉林笑笑，沒理會她。

慕容璟和並沒讓人多準備一匹馬，而是讓眉林和他共騎。眉林想不明白他的意圖，她當然不會自以為是地認為一夜之後他就對自己寵愛有加，甚至不惜為此激怒老皇帝。

憶及出發前，炎帝在看到自己竟坐在慕容璟和懷中的時候，氣得臉發黑，鬍鬚抖動卻又顧及場合不好發作的樣子，好笑之餘，更加猜不透慕容璟和葫蘆裡賣的什麼藥？

直到遇上那個一身戎裝的女子，一切疑惑才豁然而解，包括阿玳的特殊待遇。

相遇之處是在山林的邊緣，就在眉林被馬顛得渾身都開始顫抖抗議的時候，那女子騎著一匹通體烏黑的高大駿馬出現在他們的視線中。又或者說，慕容璟和一直在山林邊緣徘徊不入，就是為了等這個人，因此才會在一見到她便迎了上去。

「落梅。」不必回頭，眉林也能感覺出慕容璟和的情緒一下子變得高昂起來。

牧野落梅，身為大炎第一位女將軍，可以說是家喻戶曉的人物，眉林沒有理由不知道，然而卻想不到會是這樣年輕的一個女子。

隨著距離的接近，那張掩在捲邊羽帽下的容顏逐漸變得清晰，明眸櫻唇，膚白如脂，竟是一個傾城傾國的美人。只是眼神太過犀利，配著一身俐落的軟甲戰袍，倒在嫵媚中多出幾分英姿颯爽來。

美人淡淡地掃了眼偎靠在慕容璟和胸前的眉林，冷哼一聲，沒有說話，徑直策馬往林中去。

眉林注意到她的鼻子削尖，並帶著些俏皮地往上翹著，與阿玳的極相似，卻沒有阿玳那種違和感。這一刻她突然就明白了，阿玳被一眼相中，大概便是因為與這女將軍極相像的鼻子。

慕容璟和顯然早已習慣了這種冷漠，也不以為意，一拉馬頭跟在了她後面，同時揮手阻止侍衛相隨。

經過了昨日的那一場狩獵，林中被踏出了無數小路，馬兒走在其間並不吃力，但自然也見不到什麼獵物。今日想要有所收獲，必要進入山林深處。不過一炷香工夫，便遇到了幾批人馬，其中包括慕容玄烈和他的親衛。

見到慕容璟和懷中抱著一個女人，又跟在一個女人後面，慕容玄烈又好氣又好笑，忍不住調侃了幾句，然後在牧野落梅發作前帶著手下快速離開，轉瞬消失在繁茂的林木間。

牧野落梅一肚子火氣沒處發，於是轉頭瞪向慕容璟和，冷冷地道：「殿下休要再跟著卑職，以免惹人閒話。」說著，一夾馬腹快速往前跑去。

這一次慕容璟和並沒有立即追上去，而是帶著眉林坐在馬上慢慢地往她走的方向踱去。

「妳可會打獵？」突然，他問眉林。

眉林正坐得難受，聞言先是搖了搖頭，而後方覺得不妥，忙道：「回爺，奴不會。」

說話時，她沒敢看他，說不上為什麼，心底對他總有些畏懼，也不知是不是昨夜落下的陰影？

本以為這個臨時興起的話題大概會這樣草草結束，沒想到慕容璟和不知道哪根筋不對，竟興致勃勃地道：「我教妳。」說著，當真取下馬背上的弩弓，手把手認真地教導她怎麼使用，對於牧野落梅的離去似乎一點兒也不在意。

眉林在暗廠的時候當然學過怎麼使用強弓勁弩，但現在武功被廢，一般的弓也拉不開。好在慕容璟和用的是精悍輕巧的小連弩，她用起來倒是不吃力。只是被他那突然變得溫柔親昵的態度弄得有些不自在，手腳都不知要怎麼擺，更不用說使用弩弓了。

慕容璟和被她笨拙的動作逗得連連失笑，更加不懈地想要教會她怎麼射殺獵物。

不知不覺間，兩人已進入密林深處，四周再看不到其他人的蹤影。就在此時，草叢一陣晃動，慕容璟和拉住馬，然後附在眉林耳邊悄聲道：「注意那邊。」一邊說，一邊抬起她握著弩弓的雙臂，然後扶著她瞄準。

感覺到灼熱的氣息撲在耳上，加上他近於環抱的姿勢，眉林不由得一陣恍惚，還沒回過神，弩上箭已射出，「咻」的一聲鑽入草中。

「射中了。」慕容璟和放開手，聲音恢復如常。

背部仍能感覺到他說話時胸膛的細微震動，有那麼一瞬間，眉林突然覺得那略帶沉啞的聲音很好聽。甩了甩頭，咬唇，輕而尖銳的疼痛讓她神志一清，頓時知道自己方才差點兒魔怔了，背上不由得驚出一身薄汗。

自有記憶以來，她所面對的都是各種惡劣的環境和冷漠殘酷的人情，對於這些，她早已能應對自如。但是沒人告訴她，如果別人對她好時，她該怎麼辦？

「下去看看。」就在彷徨無計的時候，慕容璟和的聲音再次響起。然後她的身體被抱離馬背，輕輕落在地上。

大概是在馬上坐得久了，加上昨夜的折騰，眉林腳剛觸地，立覺一陣虛乏，差點兒跪倒。所幸被慕容璟和及時扶住，直到她站穩，才放開手。

定了定神，眉林姿勢彆扭地走向草叢，撥開，一隻灰色的野兔側倒在裡面，肚腹上插著一支箭，已沒了氣息。她撐著酸軟的腰緩緩地蹲下，然後探身抓住野兔的耳朵將牠拎了起來，回頭向慕容璟和看去。

男人高踞馬上，背對著初升的朝陽，看不清臉上慣有的輕浮神色，那映在晨光中的身形竟讓人產生氣勢逼人的錯覺。

自以為遇到一個無用也無害的人，現在看來將要面對的只怕是一個比任何人都狠戾的角色！

眉林微皺眉，為自己的判斷而煩惱。

「在想什麼？」慕容璟和見她蹲在那裡半天不起身，於是一扯韁繩，讓馬兒慢慢地踱了過去。

看他走近，眉林心中莫名一慌，忙站起身笑道：「在想爺的箭法可真準！」

「既然要射，自然要一箭上垛，否則等獵物有了警覺，想要再捕獲便要耗費一番周折了。」慕容璟和慢悠悠地道，聲音中隱約流露出一絲讓人發寒的冰冷。

眉林突然覺得有些不安，總覺得他這話中大有深意。

沒容她多想，慕容璟和彎腰探下身又將她抱上了馬背，不疾不徐地往沒有人到訪的密林更深處走去。不時有雉雞又或者鹿麃從面前跳過，他卻再也沒出手，眉林疑惑起來。

「爺，不獵點什麼嗎？」從昨晚賞賜美人就可以看出，獵物的多少代表著能力的強弱，是與自身榮耀切身相關的事。

哪知慕容璟和一拍掛在馬屁股上晃悠晃悠的野兔，笑著反問，「這不是嗎？」

眉林一時無語。

他頓了頓，又道：「射殺這些沒什麼反抗能力又沒什麼用處的小東西有什麼好……」

就在兩人說話的當兒，一道火紅的影子突然從不遠處的亂石荒草間一閃而過，慕容璟和話聲戛然而止，舉弩便射。不料刺斜裡驀地飛來一支疾箭，硬生生地將他的箭給撞開了。這一阻撓，那道紅影立即消失在了密林中。

牧野落梅騎著她那頭異常高大的黑馬出現在左後方的樹下，挑眉看著慕容璟和，淡淡道：「慕容璟和，來場比賽吧！」

比賽內容不言而喻，自然是那個突然出現又飛快逃掉的火紅小東西。

也不知她是怎麼走到兩人身後去的，在注意到她是連名帶姓地叫慕容璟和的時候，眉林立即知道她或許並不像表面表現出來的那樣不待見他。更有可能的是，兩人間有著不足為外人道的更深一層的關係。當然這些都只是猜測，不需要猜測的是，在看到她出現時，慕容璟和一下子變得愉悅的神情。

「落梅既然有興致，璟自當奉陪。」他笑吟吟地道，一手執弩，一手環著眉林的腰，腿夾馬腹就要往紅影消失的地方馳去，卻被牧野落梅橫馬攔住。

「你帶著她……」只見她小巧圓潤的下巴一點眉林，傲然道：「本將就算贏了，也勝之不武。」

眉林心中打了個突，不及有所反應，就聽到慕容璟和笑了聲，然後身體一晃，人已被放在了地上。

「妳在此等我。」他俯身對上她驚愕的眼，聲音溫和，注意力卻不在她身上。話音未落他已直起身，一拽韁繩與牧野落梅一前一後消失在了林子裡。

眉林站在荒草間，一陣風穿過林隙吹到身上，讓她不由自主地哆嗦，但她也沒多想，就在原地找了一處草葉柔軟的所在壓平了坐下，然後靠著旁邊的野石打盹。

雖然就這樣被丟下，但一直疲憊疼痛的身體終於可以得到休息，這也不能說不好。

其實她心中明白，慕容璟和帶她出來的目的已經達到。牧野落梅所表現出來的反應就算不能證明她對他有多喜歡，但起碼她是在意的，在意她所得到的關注被另一個女人分散。否則她不會回轉，並借公平比賽的名義讓他將礙眼的存在丟下。當然，那個礙眼的存在就是眉林。

剛開始，眉林以為他們很快就會回來，所以不敢睡沉了。然而眼看著太陽越升越高，她的肚子已經開始唱起了空城計，卻始終看不到人影，心中便想自己大概是被遺忘了。

明白到這一點，她索性倒臥在草叢中，趁著陽光正暖，安安心心地大睡起來，也不管是否會有危險。

這一覺直睡到落日西沉，秋寒漸上。

揉著一天不曾進食的肚子，眉林坐起來，看著頭頂枝葉間露出的青藍天空以及更遠處被夕陽染紅的薄雲，長長地吐出一口氣。

是不是應該趁這個機會逃走，逃離這一切，然後像普通人一樣活著？她心口一陣騷動，眸中浮起濃烈的憧憬，但很快便被斂了去。她當然不會忘記自己體內的毒，那是每個月都需要拿解藥才行的，否則光是毒發的煎熬就足以令她生不如死。

更何況她身上什麼也沒有，目前連自保都難，又能逃到哪裡去？莫不是要去做乞丐？

別說慕容璟和沒說不要她的話，就算他真開口讓她走，只怕她還得哭著求他留下自己。

從懷中掏出木梳，她散開沾滿草屑的頭髮梳順，鬆鬆地挽了個髻，便起身循著來時的路往回走。此時若不走，再晚一些時候，便走不出去了。夜晚的山林危機四伏，就算是經驗豐富的獵人也要加倍小心，何況是手無縛雞之力的她。

到目前為止唯一值得她慶幸的就是，休息過後，身體的不適感大減，讓她行走起來不像早上那麼吃力。她倒是不擔心會迷失在山林中，畢竟在暗廠的訓練不是白訓練的，只是肚子餓得難受。

一隻山螞蚱突然從眼前草葉上跳過，落在樹皮上，她一把抓住，掐掉頭，就這樣放進嘴裡嚼了兩口嚥下。

她沒有時間再慢慢地尋覓食物，只能邊走邊順手找些能吃的東西，有青澀的野果，也有一些令普通人汗毛直立的蟲子。事實上，當一個人餓到一定程度，只要沒毒，是什麼都能入口的。她現在當然沒到那個地步，但以前有過。既然能吃，就沒理由餓著，畢竟走出山林也是需要體力的。

入秋之後，太陽一旦下山，天黑得便快了起來。沒走多久，林子裡就暗了下來，好在月亮已經升起，雖然光線淡薄，卻聊勝於無。眉林便借著這黯淡的光線在暗林中一邊尋找著來時留下的痕跡，一邊小心避開夜間出來覓食的野獸，走得頗為艱難。這個時候，她不得不懷念起自己那被廢掉的武功了。然後再由武功，想到那個神祕莫測的主人。

若那個時候她不能明白主人為什麼會廢她的武功，在知道自己的任務之後，她也自當明白。

有沒有武功很容易就能被人試探出來，作為一個和親的陪嫁女子，會武功絕對不能算是一件讓人感到放心的事。

她無可奈何地嘆口氣，想到以前的暗廠，想到昨夜，再想到以後將要面對的生活，一種說不出的疲憊瞬間席捲全身，讓她幾乎無力再走。

她將額頭磕在粗糙的樹幹上，好一會兒才緩過氣來，然後甩掉那些只要在黑暗中便會不請自來的念頭，咬緊牙繼續往前走。

「無論如何，我總是要擺脫這一切的。」蚊蟲在耳邊嗡嗡飛繞，她一邊揮袖趕開，一邊對自己說。說這話時，腦子裡浮現出那一年透過車窗看到的滿野春花，她不由得微微笑了。

走出山林時已是月上中天。眉林看著遠處營帳間的燈火，重如沉鉛的腿幾乎邁不動。實在是不想過去啊！她笑自己的躑躅。

不過這次並沒容她猶豫太久，一聲嚴厲的喝問已傳了過來，「誰在那裡？」有馬蹄聲響起，一隊人馬拿著火把由另一邊的山林中衝了出來，當先一人身著玄色武士服，肩立海冬青，俊美得讓人心生壓力，竟是大皇子慕容玄烈。

他身後的侍衛馬背上清一色掛滿了獵物，其中竟然有一頭金錢豹，顯然收獲極豐。

眉林沒想到會遇到他們，呆了呆，才屈身行禮，「奴婢見過大皇子。」

看他們的樣子，顯然也是才歸營，就不知慕容璟和與牧野落梅有沒有回來了？

慕容玄烈瞇眼打量了她半晌，彷似才想起是誰，不由得有些疑惑。

「妳不是早上跟老三一起入林的那個？怎麼一人在此？三皇子呢？」

一連串的問話讓眉林不知該如何回答，卻又不能不回答，斟酌了一下用詞，才道：「奴婢跟三殿下在林中走散了，正想回營問問殿下有沒有回去……」

直到這會兒，她才知道慕容璟和排行第三，那麼在他之上還有一個皇子，她昨日好像並沒看到。

她說話間，慕容玄烈身後的一個侍衛突然湊前，在他耳邊低聲說了幾句話。他再看向她，狹長的鳳眸裡便帶上了不加掩飾的同情。不知是知道了她被丟下的事，還是因為其他什麼。

「那妳跟我們一起走吧！」說著，他示意手下讓出一匹馬來，然後扶她坐上。

事實上因為難以啟齒的原因，眉林寧可走路，也不願騎馬，然而卻又無法拒絕。她只能不著痕跡地偏側著身子，儘量讓自己的神色看起來正常一點兒。

她大概已算是慕容璟和的內眷，因此接下的路程慕容玄烈並沒再同她說話。

眉林騎著馬走在後面，偶爾抬頭看著他頎長英挺的背影，不由得想到昨晚跌在他身上時聞到的熏香，心中便是一陣不安。

慕容玄烈的人一直將眉林送到慕容璟和的營帳，又探知慕容璟和已安然歸來，方才返轉回報。

眉林進去的時候，慕容璟和正懶洋洋地靠在軟枕上，一邊喝酒，一邊瞇眼看跪坐在他身邊的阿玳逗弄一隻火紅色的小東西。

眉林就站在帳門邊斂衽行禮，沒有再往裡走。

好一會兒，慕容璟和像是才意識到她的存在，抬眼，向她招手。

眉林走過去，因為他是半躺著的，她不敢再站著，便如阿玳那樣屈膝跪坐。不過她還沒坐穩，便被慕容璟和一把扯進了懷裡。他將鼻子貼在她頸間一陣嗅聞，然後語氣親昵地問，「妳在哪裡沾得這一身的花香？」

神情語氣間竟是像從未將她獨自一人丟在深山野林中般，別說愧疚，便是連敷衍的藉口也沒有。

也許眉林在別人對她好時會不知所措，但是應對眼前這種情況卻是沒什麼困難的。

「爺就會逗人家，這大秋天的，哪來的花香？不過是些山草樹葉的味道罷了。」她佯嗔，一邊說一邊作勢扯起衣袖放到鼻子下輕嗅。

對於早間的事，竟是一字不提，一字也未抱怨。

「是嗎？待本王仔細聞聞……」慕容璟和一笑，當真又湊過頭來，只是這次的目標卻是她比一般女子更加豐滿的胸部。

眉林心口一跳，想到昨夜的經歷，便覺得渾身似乎又都疼起來了。情急生智，她倉促抬手輕輕在胸前擋了一擋，動作卻又不會生硬到讓人產生被拒絕的感覺，倒更像是羞澀，嘴裡同時吞吞吐吐地道：「爺……奴……奴婢……餓了。」

她倒沒說謊，雖然回來的路上找了些亂七八糟的東西填肚子，卻哪裡管飽。

慕容璟和一怔，似乎這時才想起她一天未曾進食。

大概是被掃了興致，他抬起頭來時一臉的悻悻，卻仍然道：「去旁邊的營帳找清宴，讓他給妳弄點吃的，順便安排歇宿的地方。」話中意思再明顯不過，就是讓她吃過飯就休息，不必再過來了。

眉林心中暗鬆口氣，忙從他懷中起身跪謝，然後便急急地退了出去，連做做樣子的心思都沒有，倒真像是餓極了的樣子。只有她自己知道，那是怕倔脾氣的阿玳再出什麼么蛾子，他又牽怒到她身上。

她當然看得出來，因為與牧野落梅有幾分相像的關係，慕容璟和對阿玳也特別縱容。她自不敢也不想跟阿玳爭什麼寵，只希望別總遭無妄之災就好，再然後就是能夠無風無險地完成任務，安然脫身。

出得帳來，她大大地舒了口氣，抬頭看著天上淡淡的月亮以及稀疏的星辰，算了算時間，再過十天就要換解藥了，只是不知圍獵能不能在這之前結束？

清宴是一個內侍，二十來歲的樣子，白面無鬚。看上去比慕容璟和小，實際上是大了幾歲的，大抵是去了勢的人總是會顯得臉嫩些。

慕容璟和還沒睡，他自然也不敢睡，聽到眉林的要求，喪了臉，吊起眼角。他出去好一會兒才回來，端的卻是盤冷了的烤肉。

「吃吧！」他抬著下巴，幾乎是以鼻孔看著眉林，拿腔拿調的。

眉林也不嫌棄，道了謝。

「不要以為上了主子的床，就以為自己也是半個主子……」

她這邊正用薄刀努力地切著冷硬的烤肉，那邊又陰陽怪氣地教訓了起來。

「公公教訓得是。」眉林毫不動怒，她停下手上的動作，低眉順目。

她的脾氣早在暗廠的時候便被磨平了，清宴這樣的態度激不起她心底絲毫的波瀾。

見她這樣，清宴又念叨了幾句，覺得無趣，便自動地停了下來。

眉林放輕手上的動作，咀嚼的時候也儘量不發出聲音，然而速度卻不慢，或者還能稱得上快，不過盞茶工夫，便消滅了一盤烤肉。

當清宴看到乾乾淨淨的盤子時，驚得半天合不攏嘴。

「妳這是幾天沒吃飯啊?」他臉色變來變去,最終還是沒忍住問了出來。雖然是冷掉的烤肉,他端的卻是足夠他兩餐的分量,怎麼想她也是吃不完的。

「一天。」眉林笑了笑,沒有過多地解釋,然後問道:「還勞公公指點,這盤子奴婢該當送到何處去?」這食罷善後的事自然不敢再勞動他。

對於她的謙恭,清宴顯然很受用,不再刁難,伸手一指,「擱那兒吧,明日自會有人來收。」說著,像突然想起什麼,他上下打量了她一下,皺眉道:「妳這個樣子要怎麼侍候王爺?」說著,就走了出去。

眉林有些呆,低頭檢視自己,這才發現在山林中折騰了一天,身上穿的白色衣衫不僅被掛得皺巴巴,還染上了些草葉野花的汁液,看上去黃黃綠綠的好不精彩。想到之前慕容璟和竟然毫不嫌棄地將這樣的自己抱進懷裡,她心裡不由得浮起一抹古怪的感覺,同時也明白了他話中沾染一身花香所指的真正意思。

她這邊胡思亂想,那邊清宴已經轉回來,身後跟著兩個禁軍裝束的大漢。一個扛著大木桶,一個提著兩桶熱水。

清宴指揮著兩人將桶放下,又把水倒了進去,看他們離開,他才將手中拿的乾淨衣服和巾帕、胰子放到一旁，對眉林道：「把自己打理乾淨，別讓人說咱們荊北王府的人不知禮儀，跟骯髒的乞丐似的。洗完水就擱著，今晚就在此將就一夜。明兒我讓人給妳們搭個營帳。」語罷出帳，之後便再也沒回來。

桶內水冒著薄薄的白霧，清澈的水面上撒著金黃色米粒大小的碎花瓣，被熱氣一蒸，芬芳滿帳，讓人一看就很想泡進去。

眉林在原地站了半晌，確定確實無人再進來後，才慢吞吞地脫去衣裳，踏入水中。坐下時，桶中的水蕩漾著上升，剛剛漫過胸部，微燙的水溫刺激撫慰著全身酸疼的肌肉，她不由自主地發出一聲舒服的喟嘆，靠著桶沿徹底放鬆下來。

這個清宴雖然說話刻薄了點兒，為人倒是細心體貼。

眉林想，不管他是因為慕容璟和的面子，還是盡自己的職責，這些並不妨礙她對他心生感激。

泡了一會兒，疲乏稍去之後，眉林才探手抽出髮簪，長髮散下，深吸口氣，她身體下滑，讓水沒過頭頂，腦子越發清晰起來。

之前聽慕容璟和偶爾自稱本王，她只當是失口，如今方才知道他竟然已被封王！

皇子封王，若不是因巨大的功績，便是被另類放逐。

不管是因為什麼原因，老皇帝那個位置都是註定沒他的分兒了。

荊北，那個地方……

一口氣將盡，她「嘩啦」一聲破水而出，抹開貼在臉上的濕髮以及水珠，看著燭火的雙眼發亮。

那裡……那裡是她來的地方啊！

那一年她跟其他孩子擠在搖晃顛簸的馬車廂裡，看著一座一座的青山從眼前遠去，碎白的花朵在雨霧中搖曳，心中為不知要被帶到什麼地方而彷徨無措。就在那個旅程最開始的時候，偶聽路人交談，被提及最多的就是荊北。

也許慕容璟和會帶著她們回荊北？想到這個可能性，眉林就不由得一陣激動，心中隱隱升起了自己也不明白的期盼。

不過這種期盼並沒持續太久。因為自次日起，直到圍獵結束，她都沒能再見到慕容璟和的面，彷彿已經被遺忘了般。

與她恰恰相反的是，終於向現實屈服的阿玳一直住在慕容璟和的主帳中，榮寵一時。

導致清宴每次見到她，眼中都不由得流露出憐憫之色。

而讓她對那個念想完全絕望的是，圍獵結束後，慕容璟和並沒回荊北，而是隨駕進京。那個時候她才知道，他一直都是住在昭京。

至於荊北，或許只能算一個名義上的封地罷了。

第三章 — 惦記

破寒乘暖迓東皇，簇定剛條爛熳黃。

昭京的荊北王府位於城北撫山下，出乎意料的大，占地數百畝，雕梁畫棟，羅帷繡櫳，碧瓦朱甍，窮奢極侈，據說是炎帝特意為三皇子封王花了兩年時間所修建。

荊北王府的下人總是為自家王爺受皇上如此榮寵而自豪不已，卻只有少數人知道，那其實是一個華籠。

眉林住霜林院，同院的還有另外兩個女子，一個叫絳屠，一個叫憐秀，同樣是慕容璟和的女人。反而是與她同來的阿玳，並不住在一起。

她住進去的那一天，絳屠正坐在她自己的窗前做女紅，抬眼看到她，先是一怔，而後又面無表情地低下頭繼續做自己的事。等一切都安頓下來，她才拉著憐秀過來。她們的態度出奇的友善，憐秀甚至在得知眉林沒什麼換洗衣服的時候，把自己新裁的秋裳拿了出來。

「附近這幾個院的人，連王爺身邊的中等侍女都不如，有什麼好爭的？」絳屠這樣說。

慕容璟和有很多女人，每隔一段時間宮裡就會賞賜幾個美人下來，其他臣僚也會時不時送些絕色給他，加上他自己在秦樓楚館獵豔所得。

算起來，偌大的荊北王府中的美人數量只怕不輸皇帝後宮，難怪他總是一副酒色過度的樣子。

於是眉林知道自己現在離慕容璟和很遠，遠到有可能在這個地方待一輩子也見不上面。這個可能性讓她在大鬆一口氣之餘，又有些煩惱。如果不能接近他，她能收集到的情報只怕很有限。好在對這事她不是太上心，很快就拋到了一邊。

絳屠她們沒有待多久就離開了，眉林便在屋裡轉了轉，對這處有著內外兩進，一應俱全的敞亮院子極為滿意。這是她第一次擁有專屬於自己的房間，而且是光線充足的。臥室的窗外橫伸著幾椏掛著稀稀疏疏半枯葉子的老枝，她認不出是什麼樹，但也許來年春天的時候上面會長出嬌豔的花苞。

想著這個可能性，眉林忍不住心中的歡喜，小心翼翼地走過去將門掩上，回轉身撲到床上，在柔軟的褥子上滾了兩滾，便枕著手臂側臥在上面，笑咪咪地欣賞著朱窗褐枝，想像著花開滿枝的情景，只覺一切都美好到了極點。

被褥上有陽光的乾爽味道，似有若無地將人包繞於其中，漸漸地睏意便浮了上來。

朦朦朧朧間恍惚又回到了潮濕陰冷的囚所，黑暗如同夢魘般入侵，周遭充斥著惡臭與壓抑的低嘆，還有其他的罵語和笑聲……

「阿眉，妳做噩夢了。」被人略顯粗暴地搖晃，還有關切的話語。

眉林睜開眼，看到一個綺年玉貌的女子皺著眉撇著嘴站在床前，她有些愣怔了，一時想不起身處何地，眼前何人。

「快起來洗把臉吃飯。」女子沒理她，轉身往窗子走去，一邊關窗一邊自顧自地道：「換了個新地方，難免不習慣。睡覺別開著窗，這是桃樹，容易招魘……」

聽著她絮絮叨叨地念著，眉林怦怦亂跳的心慢慢地平靜下來，這才想起是絳居。

「原來是桃樹啊……」她撐著坐起身，低喃，背上一片冷濕。

那個地方，她想，既然出來了，她就不會再回去。

在荊北王府的日子很悠閒，吃穿用度一樣不缺，據說宮裡每年都會撥一筆數目不小的銀兩供荊北王揮霍。想起那日炎帝見到慕容璟和時的神情，再比對其所享受到的待遇，著實讓眉林困惑不解。

不過這些都還輪不到她操心，來這裡的第一天晚上，她就用錦囊裡指示的方法將自己獲取到的各類消息篩選總結之後傳遞出去，換回的解藥在體內毒性發作之後整整一天才開始起作用。

最好的解藥是在毒性發作當時便起效用，讓人完全感覺不到痛苦，其次便是兩個時辰起效的，再差的依次是四個時辰、八個時辰、一日。由此可以證明，她那些耗費了些腦力的東西毫無價值。

那一天，她怕嚇到旁人，只好找藉口把自己關在屋內直到毒性平息。第二天吃飽肚子之後，又變得生龍活虎了，她對於自己敷衍的行為毫無懺悔之意。

倒不是說她對慕容璟和有好感，或者害怕到不敢打他的主意，而是覺得那點兒痛苦忍忍還是能過去的，沒必要過於冒險。大概是她忍痛能力比較強，所以才會成為不被允許擁有自己思想的死士中的異類。

眉林以為自己會這樣一直混日子，直到任務結束，又或者組織那邊無法容忍。但現實往往難盡如人意，無論她怎麼循規蹈矩，斂聲屏氣，終究還是被人惦記上了。

惦記她的不是別人，而是曾有過一面之緣的牧野落梅。

原來自那一日之後兩人沒再見過面，牧野落梅也就把她忘記了。誰料回京後的一次宴會遇上慕容玄烈，慕容玄烈無意中提及那日之事，她才知道那個手無縛雞之力的女子竟然自己毫髮無損地走出了山林，這一下子便挑起了她的興趣。於是她就找了個機會，趁慕容璟和向她獻殷勤的時候開口借人。

一個無關緊要的人，慕容璟和當然沒有不答應的道理，當即派清宴去找來。

說實話，慕容璟和根本想不起牧野落梅要的是誰，反倒是清宴記得清楚，否則只怕還要花費一番功夫。

清宴是慕容璟和身邊的紅人，王府裡沒幾個人不認識他。當他走進霜林院的時候，附近幾個院子明顯轟動了，都在猜測他來的目的。

眉林正躲在自己的房裡，拿著一本不知從哪裡弄來的破舊醫書翻得認真。她不能出王府，也沒多餘的銀錢去找人為自己解體內的毒，何況組織的毒也不是一般人能解的，所以只能依靠自己。她當然知道這對醫術一無所知的人來說基本上是不可能辦到的事，但既然結果不會更壞，不妨試試。

清宴站在門邊咳了兩聲她才聽到，抬眼看到白淨文秀的青年，眉頭微不可察地皺了下，而後才露出微笑站起身施禮。

「見過公公。」對於這個說話刻薄並且總是一副趾高氣揚的內侍，她其實挺有好感的，只是有好感不代表喜歡看到他出現。畢竟他是跟在慕容璟和身邊的人，不會無緣無故來看後院一個沒什麼身分地位的女子。

不得不說，眉林被當成死士訓練了那麼多年，在對周遭事物的感覺上確實有著異於常人的敏銳。

清宴掃了一眼她手中的書，又看了看樸素乾淨的室內，才慢吞吞地道：「妳收拾收拾，這就跟我走吧！」

眉林一怔，想問，卻在看見他垂著眼不打算多說的表情時又止住。轉回室內，她將兩件換洗的衣服收拾好，書也放進去，留戀不捨地看了一眼窗外的桃枝後，毅然轉開眼，走了出去。

絳屠和憐秀等在外面，見眉林拿著包袱，忍不住問道：「宴公公，您這是要帶阿眉去哪裡？」

清宴高揚著下巴，連眼角也沒掃兩人一下，淡淡道：「入府時沒人教過妳們，不該問的最好別問嗎？」說話間，人已走到院門。

兩女被噎了一下，只能眼巴巴地看向眉林。

眉林輕輕搖了搖頭，表示自己也不知道，那邊清宴已經催了起來，不得不緊走兩步跟上。

一路無話，就在快到地方的時候，清宴終於開口。

「無論遇上什麼事，都別忘記做奴才的本分。」

奴才的本分……眉林微怔，而後立即反應過來他這是提點自己呢，忙恭敬應是，心中對他的感激不由得又增加了兩分。

其實近墨者黑，清宴能成為慕容璟和身邊最親近的人，當然也不會是什麼善人，能對一個地位低微的女子提上這麼一句，已算破例，那還是因為以他那由自身缺陷所造成的深沉自卑發展而來的敏感，自始至終都沒能從眉林身上察覺到那種常人隱藏在敬畏下面的鄙夷。要換成旁人，只怕他是連一句話也懶得說的。

清宴將人領到澹月閣北三樓，回稟後便去忙別的事了，眉林獨自一人走進去。

澹月閣從外面看是一整棟樸拙厚重的三層木樓，進入裡面才知道它是由四座彼此相通的木樓所組成，中間圍出一個不大不小的天井。唯北樓三層，東、南、西面皆是兩樓。而南樓二樓整層地面鋪就紅氍毹，垂金色流蘇，竟是一座戲臺。如此，不必猜也知其他三面的用途。

此時南樓正上演著一齣不知是什麼的戲，一個青衣揮舞著水袖，咿咿呀呀地唱著，在午後的秋陽中，讓人昏昏欲睡。

北樓三樓也是一整層通間，鋪著厚軟絢麗的織錦毯，沒有任何傢俱，只由一層層湖水綠薄紗帷幔隔出朦朧的空間感。地面隨意扔著一些柔軟的靠墊，插瓶的秋菊在紗帷後若隱若現，爐香嫋嫋，薰著秋涼。

慕容璟和背靠著軟墊，一手支在雕花木欄上，另一隻手拿著杯酒，目光越過南樓的屋頂，落在不遠處的碧色湖面上。湖波漾，山掩翠，藍天空闊，他頗有些沉醉地微瞇了眼。陽光沒有絲毫阻隔地照射在身上，暖暖的溫度讓他的臉色看上去似乎好了一些。

在他身邊，阿玳屈腿坐在那裡，懷裡抱著一隻火紅色的小貂。與他們隔了一段距離，牧野落梅手拿摺扇，青衣儒服，頭紮方巾，一身男裝倚欄負手而立。

眉林猶豫了一下，然後脫了鞋踏上錦毯，裙襬垂下，將她素色的襪子掩住。

「奴婢叩見王爺。」她隔著老遠行禮，沒往裡走。

這一聲立即引來了三人的目光，牧野落梅手中合著的摺扇在身前欄杆上無意識地一敲，美眸中流露出興味盎然的光芒。

那動作雖然輕微，卻仍然被慕容璟和捕捉到了，他唇角微勾，形成一抹不明意味的笑，然後轉向眉林，下了命令，「到這邊來。」

眉林心中很不情願，或許阿玳不會有什麼危害，但另外兩個人就足夠讓她感到危險了。上次的事她可沒忘，如果換成另外一個人，現在恐怕已投胎進入另一個輪迴。然而這層明悟並不能讓她拒絕荊北王的命令。

壓下心中無奈的情緒，她低垂著頭緩緩地走入，再抬起臉時，面上已露出溫婉的笑。

慕容璟和仔細地打量了她兩眼，覺得挺眼熟，但再多就想不起了，他看向牧野落梅，「人來了，想讓她做什麼儘管吩咐。」

眉林微愕，茫然地看向身著男裝卻顯得越發嬌俏的牧野落梅，暗忖，她找自己做什麼？就算吃醋，怎麼也不該吃到自己身上啊？

就見牧野落梅唇角微撇，突然以扇作刀砍向眉林頸項。

她速度極快，又是突然出手，不給人任何思考的機會，若換作以前的眉林必然會憑藉習武人的本能閃避，又或者直接出招相迎，但如今直到她收回扇，眉林仍然混混沌沌地站在原地，渾然不覺自己在鬼門關前走了一遭。

事實上眉林也不是不知道，她武功沒了，眼力其實還在，只是身手太慢，還沒來得及有所動作對方已經停了下來，她索性裝傻。然而心裡卻大大地不安起來，擔憂自己的身分是不是被懷疑了？

就在她這邊忐忑不已的時候，牧野落梅「刷」的一下打開扇子，邊搖邊往外走去。

「我帶她走了。」這話是對著慕容璟和說的，但說話的人卻看也沒看他一眼。

眉林有些遲疑，不知是該跟著走，還是不走。甚至於說，她到現在都沒明白究竟是怎麼一回事？

「發什麼楞？跟上！」察覺到人沒跟上來，牧野落梅不悅地回頭喝道。

眉林感覺到背上有冷汗開始往下淌，不由自主地看向慕容璟和，希望他能給自己一個明確的指示。

幸好這次慕容璟和沒有像往常那樣陷入沉思中半天不回神，他接收到眉林詢問的眼神，不由得微微而笑，突然伸手握住她藏在裙下的一隻腳踝，往自己懷中拉去。

眉林站立不穩，晃了兩晃就要跌倒，卻被他一把接住。

「我不能讓妳帶走她。」他終於開口，仍握著酒杯的那隻手環過眉林的後頸，將裡面剩下的半杯酒灌進了她嘴裡。

等他做完這些抬起頭時，正對上牧野落梅燃燒著危險怒火的美眸。

「你最好給我一個合理的解釋！」顯然，她覺得自己被戲耍了。

慕容璟和對她瞭解甚深，並沒被這樣的怒氣嚇到，反而低頭吻了吻懷中眉林的眉角，然後突然發現那眉角上竟然有一粒朱紅色的小痣，此時由於仰靠在自己臂彎內，鬢角髮絲下滑而完全顯露了出來，在陽光的照射下顯得極是可愛。他因為這個發現而有瞬間的分神，不由得伸舌在上面憐愛地舔了舔。

「慕容璟和！」牧野落梅咬牙切齒的聲音在空曠的三樓響起，在對面傳過來的柔婉嫵媚的青衣唱腔映襯下顯得異常生硬憤然。

慕容璟和回過神，又打量了懷中女人片刻，方才抬起眼，笑道：「父皇所賜之物，璟可不敢相贈旁人，除非……」後面他的話沒說，但意思再明白不過，自然是除非是他的家眷，那就不能算旁人了。

聽出話中之意，牧野落梅給氣壞了，卻又知他所言是事實，不由得有些不甘地狠瞪著毫不掩飾自己企圖的男人，恨恨地道：「你做夢去！」

慕容璟和笑笑，也不惱，拇指無意識地摩挲著眉林眉角上的那粒小紅痣，慢悠悠地道：「這夢做得夠久了，妳還要讓我夢多久？」

眉林的身體無法控制地僵硬，她很想推開他的手，她不知道自己眉角有什麼，但是被人這樣又親又摸的實在是很奇怪，有點兒……過於親昵了。此時再聽到他彷彿就貼在耳邊所說的話，即便明知不是對她說的，仍然讓她不由得心中一顫，下意識地偏開了頭。

感到手指滑離那粒小痣，慕容璟和眉頭微皺，但很快便被牧野落梅轉移開了注意力。不知是被那句話觸及了心事，還是被勾起了某些回憶，牧野落梅眼神有一瞬間的柔軟，不過隨即又被冷意所填滿。避開這個問題，她轉身往外走去，同時撂下話。

「不借也罷，後日去城西鍾山打獵，帶上她。」說話間，背影被層層紗帷越隔越淡。

慕容璟和看著風將青紗吹得蕩來蕩去，空氣中徒留那人身上特有的幽香，神色間浮起一抹惆悵，低喃，「那就繼續做夢吧！」說著驀然翻身，將仍摟在懷中的女人壓在身下，伸手去撥她微亂的鬢髮，「讓本王看看，妳究竟哪裡勾起了她的興趣？」

他不正經地調笑，所有情緒盡收，又是那個醉生夢死的花心王爺。

眉林無意中對上那雙色迷迷半眯著的眼，卻不想看到的竟是兩束清冷幽光，無情無緒。

慕容璟和當然看不出眉林是哪裡吸引了牧野落梅，不過卻把她留在了自己的院中，連續兩夜都讓她陪侍在側。睡著的時候手指仍然按在她的眉梢處，彷彿突然之間對她沉迷無比。

白日的時候，眉林找了個機會照了下鏡子，這才知道原來自己眉梢與鬢角間有一粒米粒大的朱砂色平痣，她以前竟從來也沒發現過！

當然，這並不是重點。重點是，他竟會如此迷戀一粒小痣，未免……未免太孩子氣了。

再然後，她察覺到他的睡眠並不好，每晚都要折騰到筋疲力盡才會睡下。剛開始還以為他是熱衷於男女情事，直到在某一次過程中不經意看到那雙冷靜無波的黑眸之後，才發現原來自始至終他都沒投入過，似乎顛鸞倒鳳只是為了入眠。而入了眠之後，哪怕是一個極細微的呼吸頻率改變，都容易把他驚醒。

眉林突然覺得這個男人很可憐。

她以前也常常這樣，只因為也許一次的大意，就有可能再也醒不過來。等她沒了武功，突然就沒有了這種顧慮，終於能夠安眠至天亮。

慕容璟和表面上看著光鮮放縱，沒想到私底下竟也是如此時時提防，連一個平民百姓都不如。

當然這種同情不過是一瞬間的事，眉林不會忘記自己的小命還攥在人家手中。看得出，牧野落梅對她已有所懷疑，這是當初在山林中選擇回到慕容璟和身邊必須要冒的險。但是她不得不回來，就算拿到的解藥起效再慢，那至少還是解藥。沒有解藥，她會死得很難看，曾經有無數前輩向她證明過這一點。

定定地看著燈火通明的房間一角，眉林想到次日可能會面臨的試探，突然覺得自己運氣實在是不太好。明明是同時被他帶回來的，為什麼阿玳就沒她這麼多麻煩？

難道是不能太順從？她心中疑惑，側躺著的身體卻一動也不敢動。

男人的胸口貼著她的背，呼吸平穩悠長，應當是已經睡熟了。有些粗糙的指腹執著地按在她的眉角，因為這個姿勢，她近半張臉都被他溫熱的掌心蓋著。不是很舒服，但也沒到特別難以忍受的程度。只是整晚亮著的燭光讓她很不適應，無法睡沉。

不能熄燈，不能與他面對面地睡，不能躺在他背後，不能翻身……男人的怪癖很多，多到跟他睡在一起毋庸置疑是一件折磨人的事。同時也證明，男人的戒心很重。

在明白到這一點之後，眉林不得不承認，自己打算在此地混解藥的想法有多麼幼稚。

翌晨，當慕容璟和帶著眉林到達與牧野落梅約定的地點時，竟看到旌旗獵獵，鎧甲森寒的肅殺場景。

慕容璟和挑眉，攬著懷中眉林的手臂一緊，將下巴擱在她肩上，怪腔怪調地自語，「這是要搞什麼名堂？」

與他的疑慮中帶著興味不同，眉林心中湧起強烈的不祥預感，真想就這樣逃開，而不是由著馬蹄徐徐，眼睜睜地看著離那些正在操練的兵士越來越近。

牧野落梅身著烏黑軟甲，外披淺藍色戰袍策馬而來，身後跟著一個手捧銀色戰甲的隨從。更遠處，讓人意想不到出現在此的人物——慕容玄烈一邊任侍從給他紮緊戰袍的繫帶，一邊笑吟吟地向這邊揮了揮手算是招呼。

「今日便讓牧野看看，曾經威震群夷的戰王是否還風采依舊？」來至近處，牧野落梅淡淡地道，示意僕從將戰甲奉至慕容璟和的馬前。雖然姿態冷傲淡漠，但是她眼中的期待卻是難以掩飾。

哪知慕容璟和連看也不看那戰甲一眼，一拽韁繩，繞開兩人繼續往前，「往事已矣，如今本王佳人在懷，美酒金樽，可比那枕戈待旦的日子逍遙快活，梅將軍休要讓我再去重溫舊夢了。」

這是第一次，眉林聽到他用這樣疏離的語氣跟牧野落梅說話，意外之餘也有些吃驚，怎麼也沒想到看上去被酒色掏空身子的他，竟然也曾馳騁沙場，號令三軍。

顯然牧野落梅從來沒被這樣甩過臉子，站在原地臉忽紅忽白，好一會兒才掉轉馬頭追上去，怒道：「璟和，難道你要一直這樣消沉墮落下去？」

慕容璟和身體微僵，回頭，看到她一臉恨鐵不成鋼的痛心，不由得露出一個吊兒郎當的笑，一把勾過眉林的脖子，在那白嫩的臉蛋上不輕不重地啃了一口，滿眼懷念地感嘆，「妳很久不叫這個名字了啊！既然妳想要，那我就穿吧！要是父皇降罪下來，我只好承認懼內了。」

要不是臉被啃得又疼又麻，加上自己身分不對，眉林只怕就要笑出聲來。

「要穿就快穿，哪來那麼多廢話。」牧野落梅沒好氣地道，但並沒因為在口頭上被占便宜而生氣，顯然因為他的妥協而心情大好。

「璟和不必擔心父皇，梅將軍已經請示過了。」慕容玄烈已穿好戰袍，一邊調整腰上長劍，一邊走過來。

慕容璟和無奈，只好抱著眉林跳下馬，先讓眉林見過禮，自己才開口，「大皇兄怎麼也來了？」

慕容玄烈一笑，親自上前取過侍者手中的戰甲抖開，助他穿上，同時笑道：「梅將軍要玩一個極有趣的遊戲，為兄怎能錯過？」

遊戲……一直安靜待在旁邊，儘量縮小自己存在感的眉林聽到這兩個字，不由得打了個寒顫，直覺這個遊戲少不了自己的戲份。

慕容璟和看向她，不悅地道：「傻愣著做什麼？還不過來給本王更衣！」

慕容玄烈淡笑依舊，微微退開，讓出了位置。

「如果沒有大殿下進言，陛下又怎會答允將戰俘全權交予微臣處理。」

隨著牧野落梅的話，眉林才注意到現場除了著裝整齊的士兵外，還有另外一群衣衫襤褸，神色惶惶的人。他們手腳都被縛串在一起，圈在空地上。密密麻麻的，看上去總有三、四百人。

慕容璟和掃了那邊一眼，皺眉問道：「到底是什麼遊戲，值得你們恭維來恭維去的？」話中滿滿的酸意，讓人知道他心情很不好。只有接替慕容玄烈在給他繫腰帶的眉林留意到那半垂的眼中，其實沒有任何情緒。

牧野落梅看他差不多已經穿戴妥當，不由得仔細端詳起來，企圖從戎裝打扮的他身上尋找到一絲半絲當年的影子。然而慕容璟和精神萎靡，氣色不佳，被銀光熠熠的戰甲一襯，反而把那一點兒英俊的感覺也給淹沒了，更顯得平庸猥瑣。

美眸裡浮起濃濃的失望，牧野落梅別開頭，「與其留著戰俘浪費糧食，不如用來練軍。」說到這，她終究沒忍住滿心的怨氣，責備道：「酒色已磨光了你的志氣！」

說完這句，她洩憤似的在馬臀上抽了一鞭，如風般捲往排列整齊的士兵隊伍。

慕容玄烈搖頭，「梅將軍如此烈性，想要抱得美人歸，璟和你可得加把勁了。」丟下這一句，他也悠然地往那邊走去。

慕容璟和抬起頭，瞇眼看向正在向士兵訓話的女子，朝陽越過綠色的山林照在她的身上，讓她耀眼得像是整個人都在發著光。

他自嘲地一笑，驀地抱住仍站在面前的眉林，在她唇上狠狠地吻了下，一臉的委屈，

「本王被嫌棄了呀，怎麼辦怎麼辦……」一邊說一邊埋頭在她頸間又蹭又拱，占足便宜。

眉林必須努力才能讓自己站穩，知他並不需要自己的回應，於是沉默地越過他的肩膀看著不遠處的樹林發呆。

第四章 — 遊戲

若比眾芳應有在，難同上品是中春。

天高地闊，層林盡染，南雁逐風。

對於炎國受訓的士卒來說，這是一個讓人心情振奮的天氣；對於狩獵者來說，這是一個預示著豐收的季節；對於秋江之戰的戰俘來說，這是一個給了人生存機會和希望，同時也面臨著死亡的不可抗拒的處置方式。

但是對於眉林來說，這絕對是悲慘的一天。如果說那些南越人是因為被俘所以不得不供炎軍驅役，成為他們訓練的輔助品，那麼她不過是一個王府小小的侍寢女，為什麼也會招致這樣的待遇？

有些鬱悶地靠坐在一棵枝葉繁茂的松樹枝椏上，眉林摘了顆松果，一層一層地剝著裡面的松子，心裡則把牧野落梅、慕容璟和，乃至暗廠以及暗廠主人給罵了一個遍。

原來牧野落梅所謂的遊戲就是將那些俘虜放入山林，只准他們往山林中逃，兩個時辰之後，她手下的兵才入林追獵，以人頭計數行賞。至於眉林，按牧野落梅的說法就是，她想知道一個不會武功的人要怎麼樣在危機四伏的狀況下生存，這有利於她對士兵進行針對性的訓練。

不就是因為那次從山林中沒受一點損傷出來而被懷疑了嘛，眉林撇了撇唇，有些無奈。想到臨入山林前，牧野落梅將她叫到一邊，嘰哩咕嚕地說了句話，見她沒反應，立即露出一個古怪的笑，「妳最好從現在開始祈禱不會被本將捉到。」

就算那個時候沒反應過來，在過了這麼久，眉林也該想到自己不會西燕語的事已被揭穿。牧野落梅當時說的那句話不就是西燕語，就算不懂，如今仔細回想起來也能猜到，看來這次想不逃命都不行了。

至於慕容璟和……她搖頭將這個人拋出腦海，目光落向已爬過中天往西邊墜落的太陽，知道那些士兵應該已經追近了。在臨入山林前她仔細打量過那些將士，從其顯露出來的精氣神就知道不是普通的士兵，要跟他們比腳力，就算是先走兩個時辰也是比不過的。所以她並沒有像其他俘虜一樣拼命地趕路，而是邊走邊清除自己留下的痕跡。但是……她突然想到慕容玄烈帶著的那隻海冬青，不由得往天空中看去。

天空青藍，除了幾縷飄著的雲絮外，並沒看到鳥雀的蹤跡，這讓她微微地鬆了口氣。

嗑開一顆松子，嚐到裡面滿含油脂的核肉，香味在舌尖上彌漫。

活著真好啊！眉林心中感慨，目光穿過擋住自己的枝葉，看到兩個衣不蔽體的男人相互攙扶著一瘸一拐地從岩石那邊走過來。她記得他們是跑在她前頭的，看樣子是迷路了，否則怎麼又繞了回來？

就在她考慮著是否要指點他們一下的時候，突聽尖嘯之聲響起，一道白光破空而至，「撲」的一下從其中一人脖頸射入，然後穿透另外一人，將兩人串在了一起。

眉林手中的松子掉落，下意識地屏住呼吸，動也不敢動一下。片刻後，一個身穿甲冑的男人出現在她的視野中，「刷」的一下抽出刀，將兩人的頭砍了下來，繫在腰間。

眉林悄無聲息地閉上眼，以免因自己的注視惹起他的警覺。過了許久，再睜開，那人已經不知去向。她知道如果不是有之前那兩個人引開他的注意，自己的頭此時只怕已經掛在了那人的腰上。

終於見識到牧野落梅手下兵將的實力，她心中的危機意識立刻「噌噌噌」地往上直漲。現在唯一盼望的就是，太陽早點兒落山。就算那些人再厲害，多少也會被黑暗以及隱藏在暗林的危機影響到。以她如今的實力，想要逃出山林是不可能的，只能在這裡面跟他們兜圈子，直到明天。

牧野落梅規定士兵的返營時間是次晨巳時，只要她熬過了那個時間，就能獲得暫時的安全。

兜了一包松果繫在腰上，眉林確認沒有其他人接近之後，便迅速地從樹上滑下，想換一個地方藏身，哪知腳剛沾地，背後陡然響起一聲輕笑。她僵住，緩緩地轉過身。

牧野落梅不知什麼時候站在了不遠處的岩石上，手執弩弓指著她，「果然不簡單，竟能避開本將的手下。」

輕慢的語調，不容忽視的殺氣。

眉林苦笑，知道如今的自己在這個女人面前想要反抗是不可能的，索性就這樣靠著樹坐在地上，心裡不由得再一次哀嘆自己被毀掉的武功。

「梅將軍，您要殺便殺吧，我也不想跑了。」說到這兒她笑了一下，笑聲中充滿譏諷，「您是大將軍、大英雄，紆尊降貴地來耍弄我們這些毫無反抗能力，地位卑微的人，可真是大能耐了。」

一句話說得牧野落梅的臉一陣紅一陣白，眼中殺機閃動，然而手上的弩弓卻垂了下來，冷笑道：「對於一個奸細，本將軍難道還要講究什麼仁義禮讓？哼，若不是妳們這些女人，璟和又怎會落得現在這個樣子？」後面一句她說得咬牙切齒，顯然這才是她想殺眉林的真正原因。

眉林莞爾，覺得這個理由真是不由得讓人不感到無辜，她頗有些無奈地攤手，「欲加之罪何患無辭？荊王府最受寵的絕不是奴婢。將軍若真心替王爺著想，何不直接嫁給他，那樣便能直接約束他了。何況以王爺對將軍的感情，到了那個時候又怎會把心思再放到別的女人身上？」她不著痕跡地將問題從奸細上面轉移，畢竟不管對方有沒有證據，對她來說都不是一件好事。

牧野落梅不知是不是被勾起了心事，原本讓人如芒刺在背的凌厲眼神微柔，似乎在考慮她的話，不想一回神陡然看到眉林直往自己背後探視的目光，秀眉一揚，手中弩弓再次舉了起來，「別妄想了，璟和不在這裡。就算他在，也阻止不了本將殺妳。」

眉林再一次感到全身上下被殺氣所籠罩，背不由自主地僵硬起來，表面卻依然是一副心灰意懶的樣子。她抬手按住眼睛，眼前浮起面對自己苦苦哀求男人無動於衷的樣子，心臟微微一縮，自嘲地笑道：「奴婢可不敢奢望，王爺一心要討將軍歡心，又怎會阻止？」

明明前一刻還溫柔憐愛，下一刻卻翻臉無情，那個男人算是讓她開了眼界。暗廠那些教官頭兒，與他相比那簡直是拍馬也不及啊！

顯然因她的話想起了早上的一幕，牧野落梅心情突然大好，手腕一翻，將弩弓豎直垂在腿側，笑吟吟地道：「若妳跪地相求，本將說不定可考慮放妳一次。」

明擺著的欺負與輕蔑，眉林卻並不惱怒，無聲地笑了下，放下遮著眼睛的手，「梅將軍統領千軍，自然是一言九鼎，說出的話當然不會反悔才是。」說著，不給牧野落梅反悔辯駁的機會，她已翻身站起，然後又鄭重其事地「撲通」一聲跪下，還「咚咚咚」地連磕了幾個頭，「梅將軍是女中英豪，巾幗英雄，求您饒奴婢一條小命吧！」

貪生怕死之徒牧野落梅不是沒見過，但卻從來沒遇到過厚顏無恥如同眉林這般的人，竟是連硬撐一下面子也懶。只是說出口的話已是收不回，目瞪口呆之餘，彷彿有一口氣堵在了胸口，讓她不僅感覺不到絲毫將人踩在腳下的痛快感，還覺得憋得慌，很想大大地發洩一通。

不過她的反應也算快，手腕一動，刷刷兩箭脫弩而出，分射在正欲站起身的眉林左肩以及右腿上，讓她再次跪跌在地。

「我只說放妳一次，但並沒說讓妳全身而退。」牧野落梅淡淡地道，神色間卻難掩扳回一局的得意。

眉林跪在地上，低著頭靜等肩腿上的劇痛緩解，也不知聽沒聽進對方所說的話。直到那因劇痛以及疲累而導致的昏眩過去，她才扶著身旁的松樹，再次從地上爬起來。

「奴婢謝過將軍不殺之恩。」她抬起頭平靜地看了牧野落梅一眼，然後一瘸一拐地往山林深處走去。

牧野落梅愣在原地，看著她越來越遠的背影，腦子裡反復浮現那雙深黑無光的眸子，突然間有些想不起自己為什麼要這樣針對一個不會武功的女子了。

夜色深沉，無星無月，可以預見次日的壞天氣。

眉林背部緊貼著凹凸不平的山壁，希望能借山石的冰涼降低身體的灼熱感。箭頭已經拔出，敷了草藥，經過粗糙處理的傷口一跳一跳地抽疼著，連帶昏沉沉的腦袋也跟著疼痛滾燙。她知道自己在發燒，不敢放任自己睡過去，怕睡沉了就再也醒不過來，於是用手緊抓著一塊尖銳的石頭，在快要熬不住的時候就狠狠地扎自己一下，以此保持清醒。

這是一處斜坡上的岩洞，在逃離牧野落梅後，她撐著一口氣盡往林木繁茂，灌木叢生的地方鑽，不敢再停下來。牧野落梅放過她，不代表她的手下也會放過她。她已經沒有力氣再去清除自己留下的痕跡，只能儘量往弓箭和輕功都施展不開的地方走。

即便如此，失血和疼痛仍令她失去了平素的警覺，奔逃間一腳踩空，從斜坡上滾落。

雖然摔得頭昏眼花，但也因此發現了這處被長草以及樹根遮擋住的半山岩洞。別說已沒體力再繼續前逃，就算能逃，只怕也逃不出那些擅長野戰的士兵追擊，她索性冒險就此藏了起來，靜待牧野落梅收兵。

幸運的是，直到夜幕降臨，也沒被人發現。不幸的是，她沒有功力護體，抵抗力大不如前，這在以前並不算什麼的經歷竟然讓她發起高燒來。

焦渴的喉嚨，灼熱的呼吸，全身難以言喻的疼痛和疲憊都在折磨著她，銷蝕著她的意志。

迷迷糊糊間，眉林彷彿又看到了滿山滿野的春花，密密的雨絲交織著，將一朵朵潔白潤得格外美麗。清新的空氣帶著二月特有的濃郁花香環繞身周，讓人很想就這樣睡過去再也不醒來。

握著石頭的手指動了動，終於抬起，彷彿使出了全身的勁，實際上卻是軟綿綿地扎在大腿的傷口上。疼痛讓頭腦稍稍一清，身體的沉重再次襲上來，有什麼東西急欲擺脫這困囚一樣的皮囊破體而出。

娘親是長什麼樣呢？她緊攫著一絲清明努力對抗著放棄的欲望，突然想到這個以前不曾容許自己去想的問題，然後便覺得整個人由裡到外都煎熬起來，從來沒有過地渴望著知道答案。

為什麼不要她？她從哪裡來？是不是也曾有過像其他人一樣的家？家裡是否還有兄弟姐妹？這些不知道都沒關係。她只是想知道娘長什麼樣子？只想知道這個，再多也不要了。

「再多也不要了……」黑暗中，眉林乾裂的嘴唇翕動著，細細地碎語，卻沒發出聲音，或許連她自己也不知道在呢喃些什麼。

也許這次會熬不過去？就在她那已不能算清醒的腦子裡突兀地冒出這個念頭的時候，驀然聽到「砰」的一聲悶響，彷彿有什麼東西撞在樹幹上，連頭頂上的岩石都似乎被震動了。危機感讓她一下子清醒過來，不自覺地收斂了濁重的呼吸。

她努力屏氣凝神，卻半晌都沒再聽到響動。就在意識又要飄散的時候，一聲嗚咽突然刺破腦中越來越濃的混沌，讓她心口劇震。

窸窸窣窣的啜泣聲始終不停，惹得本來就很難受的眉林暴躁起來，不想管，又怕連累自己。不得已她只好拖著已經快到極限的身體爬出去，在上面找到那個黑影，也不管是頭是腳，一把抓住就往下拽。

她力氣不大，卻嚇得那人尖叫起來，從聲音能聽出是一個正處於變聲期的少年。

「閉嘴！」眉林覺得頭痛欲裂，喝出聲時才發現聲音嘶啞，如同磨砂。

那少年被嚇得立即噤聲，想要問對方是誰，卻怎麼也張不開口，也不哭了，渾身控制不住地顫抖著。

「不想死就跟我來。」眉林試了試，發現她壓根沒力氣拖動這半大小子，只能壓低聲音威脅。

少年也不知是被嚇破了膽，還是意識到對方沒有惡意，當真乖乖地跟在她身後爬回了下面的岩洞。

一直到靠著石壁坐好，半天沒再聽到其他動靜，他才反應過來對方是在救自己，心中感激，他忍不住哆哆嗦嗦地開口詢問，「大……大哥，您是哪……哪裡人？」

他想，都是在逃命的，兩人認識也不一定呢？完全沒意識到自己理所當然地把對方當成了跟他一樣的戰俘。

眉林沒有回答，大概是多了一個人，她的精神好了點兒，伸手到腰間摸了幾顆松果扔到少年身上。

少年被連砸幾下，雖然不重，但卻立即閉上嘴，以為惹她生氣了。過了一會兒，他才悄悄地拿起一顆掉在身上的東西，摸了摸，又疑惑地放到鼻尖嗅聞。

眉林沒見過這麼傻的小孩，忍了忍，終究沒忍住，頗有些吃力地開口提醒，「剝開……松子……」

少年逃了一天，什麼都沒吃，早餓得頭昏眼花，聽到是吃的，也不管鱗片硌手，就悶頭掰起來。他又摸索到掉在身邊地上的松果，將裡面的松子一粒不漏地摳了出來。

就在眉林又昏昏沉沉地快要睡過去的時候，一隻手小心翼翼地碰了碰她，「大哥，您吃。」

原來少年一直強忍著沒吃，直到全部都剝出來後，先遞給了她。

眉林的眼皮已經沉重得快要撐不起來，感覺到對方的碰觸只是悶悶地哼了聲，沒力氣回應。那少年等了半晌，見她沒反應，這才收回手自己珍而重之地細細嗑起來。

於是在安靜的洞穴裡就聽到嘎崩嘎崩的聲音一下一下地響著，雖然略有些吵，但至少不會讓人迷失在黑暗之中。

嗑完手中所有松子，少年意猶未盡地咂了咂嘴，又凝神地聽了聽四周的動靜，除了對面人沉重的呼吸聲，再沒其他響動。他一直驚惶的心終於安定下來，於是縮了縮身子，蜷成一團睡了。

不知什麼時候，外面下起雨來，秋雨打在樹枝草葉上，發出沙沙的聲音。大概是洞口開得低，空間也不大，擠了兩個人的岩洞內並不算冷，頻率不同的呼吸聲此起彼落，彷彿終於有了依存。

就在一切都歸於平靜的時候，「砰」的一聲，像是又有什麼東西狠撞在上面的大樹上，震得石縫間的泥土簌簌地從頭頂掉落。

本來就入眠不深的兩人嚇了一跳，同時睜開眼睛，就算是在黑暗中也能感覺到彼此心中的震驚。

雨越下越大，洞頂上再沒傳來聲音，少年坐不住了。

「大哥，我去看看。」他擔心是其他同伴，如果受了傷，再這樣被雨淋下去，只怕凶多吉少。

「嗯。」眉林也有些不安，暗忖，難道又有人從上面失足落下來？要真是的話，這裡只怕不能久藏。

少年出去，沒過多久，又拖回了一個人。

夜色黯沉，什麼都看不到，眉林只是覺得有寒涼的雨霧被挾帶進來，讓她不由自主地打了個寒顫。

「他還沒死。」少年說，一邊努力地給那個人揉搓冰冷的手腳，「他的衣服都濕透了，也不知道傷在哪裡。」

眉林沉默，感到被人這樣聒噪著，身上的不適似乎沒開始那樣難以忍受了。身體仍然發著燙，傷口也仍然抽痛著，但是現在不是她一個人，黑暗再不能將她無聲無息地湮沒。

「太冷了，這樣下去他會死的……」少年在喃喃地念叨，然後是一陣窸窸窣窣的聲音，「我給他把濕衣服脫了，大哥，咱們三人擠擠，這樣能暖和點兒。」說著，他拖著沒有聲息的男人往眉林那邊擠去。

眉林沒有避開，在粗略判斷出最後被帶進來的那個人沒有危險性後，當真挪動著身子靠了過去，與少年一左一右夾住了那人。在這種時候，她並不介意將自己滾燙的體溫傳給其他人。

一隻細瘦如雞爪的手從那邊伸過來，攬住了她的肩膀，讓三人更緊地依靠在一起。肩膀的傷處被攫住，劇烈的疼痛一波波襲來，眉林卻咬緊牙哼也沒哼一聲。一是疼痛可以讓她保持清醒，再來就是這樣與別人分享生命的感覺，讓她不由得貪戀。

然而這種感覺在天光射進岩洞的時候被打破。

大概是被身旁的人汲取了多餘的體溫，黎明的時候眉林身上的燒已經消退，抓著她肩膀的手早已因為主人睡沉而滑脫，軟軟地搭在中間那人的身上。

她一夜未睡，清幽的曙光讓岩洞內隱約可以視物，她轉動有些僵硬的眼珠，看清了與自己依偎一夜的人，臉色在一瞬間變得極度難看。

閉了閉眼，再睜開，證明不是在做夢，手無意識地掐緊，她深吸了兩口氣，然後悄無聲息地往旁邊挪開，將自己隱藏進岩洞深處的陰影裡。

慕容璟和，那個一臉青白，不省人事的人竟然是慕容璟和！

這真是天大的笑話！

眉林失了方寸，一時竟不知要如何處理眼下的情況。也許她該馬上離開這裡，又或者趁這個機會殺了他……

洞外仍在淅淅瀝瀝地下著雨，滴滴答答的響聲敲在眉林已變得脆弱不堪的神經上，讓她再次覺得頭痛欲裂。作為一個死士，殺人再正常不過，所以她完全可以殺了這個害她落到此等田地的男人。就如昨天早上，面對她的哀求，他不也沒有絲毫心軟。

心裡亂七八糟地想著，慌亂的情緒終於漸漸地平穩下來，她往洞口爬去。順著草葉滴落的雨水落進焦渴的嘴裡，讓她覺得稍微好過了一些，又呼吸了幾口洞邊的新鮮空氣，她才就地坐下，回頭冷冷地看向洞裡的兩人。

面黃肌瘦的少年趴在慕容璟和身邊，顯然是逃了一日累極，睡得死沉。雖然臉孔髒汙，衣衫襤褸，但仍然能從那帶著稚氣的眉眼看出不會超過十五歲。

既然他能逃過昨天，以後也能生存下去的吧？

沙沙的草葉晃動聲傳進耳中，打斷了眉林的沉思。一顆黑褐扁圓形蛇頭鑽出洞邊的草叢，瞪著一雙烏溜溜的眼睛，吐了兩下舌頭，然後搖頭擺尾地往洞內滑來，露出小孩手腕粗細的身體。

眉林坐在那裡，目光平靜地看著牠，握了握拳，喉嚨不由自主地動了下。就在黑蛇滑上她擋在路上的腿時，原本垂在身體兩側的手突然伸出，一手卡在蛇三寸的地方，一手扯住牠的身體，在蛇尾受驚捲上她的手臂時，一口咬在蛇的七寸上面。

無視蛇的掙扎以及蛇尾越來越大的絞勁，牙收緊，收緊……直到刺破冰冷的蛇皮，溫熱的血液流進她嘴裡。

蛇尾終於慢慢地鬆開，偶爾一個痙攣，然後終於軟軟地垂了下去。

啪！足有四、五尺長的死蛇被丟在地上，眉林幾乎虛脫地癱靠在岩壁上，閉眼喘息著，左肩上還沒癒合的傷口再次滲出了血。

喝了滿肚子的蛇血，被失血、饑餓、高熱等耗盡的體力終於得到補充，身體漸漸地暖了起來。稍稍地緩過勁來，她睜開眼，不意竟對上一雙清澈中佈滿驚恐的黑眸。

少年醒了，顯然他看到了眉林咬蛇的那一幕，或者說，他很有可能就是被那一番響動驚醒的。

眉林想了想，伸手撈起地上的蛇扔到他面前，淡淡地道：「吃吧！」

松子雖然是好東西，但畢竟量太少，在填饑方面實在起不了太大的作用。

少年被嚇得一哆嗦，往仍昏迷的慕容璟和那邊縮了縮，結結巴巴地道：「妳……妳是……」他怎麼也想不到什麼時候冒出個女人來，而且還是一個凶悍無比的女人。

眉林垂下眼瞼，不是不能解釋，但實在沒什麼說話的欲望，也不想耗費力氣，於是從仍鼓囊囊的腰間又摸出兩顆松果扔到少年身上，自己則爬過去把死蛇拖了回來。目光在洞內搜索了一遍，最終落到慕容璟和的腿上。

再爬過去，從上面取下一把匕首，拔出外形花哨的鞘，薄刃泛著雪芒，看上去是個好東西。

坐回原地，她悶頭處理起死蛇來。扒蛇皮，斬蛇頭，剖蛇腹去內臟。

「妳……妳……大……大哥？」在她做這一切的時候，少年終於緩過神來，茫然地拿起身上的松果，一臉的不敢置信。

眉林瞟了他一眼，仍然沒說話，在洞口摘了幾片半黃不綠的闊葉平鋪在自己面前，把蛇肉切成片放在上面，蛇皮蛇骨等物就地挖了個坑埋去，以免引來螞蟻等物。

也許烹熟的蛇肉味道鮮美，但生的絕對不會讓人想要恭維。少年遲疑地看看自己面前那份白花花的蛇肉，又看看正沉默咀嚼著的眉林，不由得嚥了口唾沫，努力壓下一陣陣上湧的噁心感，逼著自己拿起一片放進嘴裡。然而還沒開始咀嚼，那帶著濃烈腥味的冰冷滑膩感立即讓他「哇」的一口吐了出來。

看著他一口接著一口，幾乎將膽汁也吐出來，眉林不由得皺了眉，趨身過去將那份蛇肉收了回來，然後把自己身上的所有松果都丟給他。

「對……對不起，大……大……阿姐……」少年用袖子擦著嘴，好看的眼睛裡溢滿淚水，自責得快要哭出來。

「沒關係。」眉林終於開口，聲音雖然比昨天好了點兒，但依然沙啞，讓少年立即肯定了她就是昨晚收留自己的人。

她用草葉將剩下的蛇肉裹緊了，揣進懷中，探頭出去看了看依然下個不停的雨，回頭又看看不知什麼原因始終昏迷不醒的慕容璟和，然後就往外爬去。

「阿姐，妳要去哪裡？」少年見狀大吃一驚，頓時說話不結巴了。

眉林頭也不回地道：「逃命！難道要在這裡待一輩子？」想了想，順便提醒了他一句，「你也趕緊離開這裡吧！再晚可能有麻煩。」

這個時候那些士兵應該正在趕回去向牧野落梅覆命，如果等他們發現慕容璟和不見後，只怕要把整座山林搜遍，甚至封鎖，那個時候想逃都逃不了。

「可是……阿姐……」少年看了看倒在一旁的慕容璟和，也顧不得滿地的松果，以比老鼠還靈敏的動作爬上去抓住了眉林的腳踝。

「做什麼？」眉林前進不得，皺眉回望。

「阿姐，妳別丟下我。」少年帶著哭腔，紅著眼睛，滿臉的委屈。

眉林有些愣，沒想到他還會想要跟自己在一起。以前也有過跟其他同伴合作共同渡過難關，但一般達到目的後就會各自分開，從來不會互相牽絆。對於她來說，昨晚便屬於這種情況，她拉了他一把，他也助她熬過了最危險的一夜，就算天亮後她仍奄奄一息，如果他獨自離開她也不會有所抱怨。同樣，她要走時也沒想過喊上他一道。

眉林想了想，覺得他動作敏捷，兩人一路並沒什麼壞處，便點頭道：「走吧！」

少年聞言大喜，臉上漾起燦爛的笑容，耀得人眼花，「妳等等我。」說完，迅速地返回之前躺的位置，一陣忙碌。

眉林看他是去收拾地上的松果，便收回目光，先爬到外面坐在大樹下等，對於躺在裡面人事不知的慕容璟和並沒多看一眼。如果說前兩天她的心思曾因為他莫名其妙展現的迷戀而有所浮動，那也在昨日被徹底毀滅乾淨。他於她無恩，她也並沒對他不起，那麼他的死活便與她不相干了。

雨下得似乎更大了，穿透頭頂仍然濃密的葉片時不時地落幾滴在她身上，但並不影響她飽食後的好心情。她伸出手接住雨水，慢慢地清洗臉上的血跡，然後看著被雨霧籠罩的山林，尋思著逃生的路線。

「阿姐，咱們走吧！」下面傳來少年的喊聲，聲音帶著微微的喘息。

眉林垂眼看去，臉頓時綠了。

少年站在下面，背上背著體型比他高大出許多的慕容璟和，漲紅著臉，卻滿眼讓人不解的歡喜。

第五章 — 算計

覆闌纖弱綠條長，帶雪沖寒折嫩黃。

少年叫越秦，虛歲十五，秋江之戰是他入伍之後參與的第一場戰爭，沒想到糊裡糊塗就被俘了。

南越是大炎西南一個偏僻的附屬小國，崇尚巫蠱之術。但因土地貧瘠，林沼密布，毒蟲橫行，最強盛時期百姓也不過只夠溫飽，要談富國卻是遠遠不能。這樣的地方大炎就算將之納入版圖，也沒太大好處，所以著實安居樂業了許多年。然而不料他們這一代卻出了一個「容姿絕豔」、「百花羞閉」的聖子，不僅能驅使蟲蛇猛獸，還能呼風喚雨。炎帝欲招其入京不得，天子一怒，伏屍百萬，流血千里。自那時起，南越就再沒有過安寧之日。

「他是炎國的三皇子。」眉林指著越秦背上的慕容璟和，看到在他們兩人的身後落下長長一條痕跡，她就忍不住地暴躁。

「啊，是嗎？」越秦並沒有露出意外或者仇恨的神情，氣喘吁吁地馱著背上的人，咬緊牙一步一跌地前進著，汗水淌入了眼簾。

眉林看不下去了，恨不得將兩人丟下獨自離開。她就不明白了，這孩子怎麼就那麼執拗地要救一個害他家破人亡的仇人之子？偏偏她還看不得他委屈巴巴的眼神，否則早在發現他那比烏龜好不了多少的前進速度時就溜了。

「行了行了，把他放下。」她真的受不了了。

「阿姐……」

就在少年又要露出小狗般乞憐的眼神時，眉林飛快地伸出手掌阻擱了兩人之間的視線交流，「別囉嗦，快點，別連累我跟著你遭殃。」

她的聲音有些嚴厲，還有些不耐，大有你不照做我就走人的勢頭。

越秦不得不把到了嘴邊的話嚥回去，磨磨蹭蹭地將慕容璟和放在了一片較乾燥的鬆軟落葉上。

他們所在的位置是一片紅松林，紅松高大，挺拔入雲，其中還間雜著紫椴、冷杉等樹種。樹下老藤蔓搖，蒼苔枯蕨，雉雞潛蹤。因為樹冠枝葉相連，遮天蔽日，樹下並沒有被雨水浸透，只是略顯潮氣而已。

「你去找點東西填飽肚子。」眉林吩咐越秦，同時趨前開始仔細檢查起慕容璟和來。

無論他受了什麼傷，經過這一番折騰也該醒了，怪的是他竟然一點醒轉的跡象也沒有。

越秦本來就餓得頭昏眼花，見她並不是要丟下慕容璟和，立即放下心來，當真在附近尋找起吃的來。林間有野菇，藤上有野葡萄，地上有掉落的松果，想要飽餐一頓並不難，怎麼說味道都比生蛇肉強。

除了些許擦傷，慕容璟和身上並不見任何可算得上是嚴重的傷痕，但臉色卻難看得嚇人。眉林心中生起怪異的感覺，將手指按上他的脈門。

「你救了他，也許有一天他會毀掉你的家園。」她提醒正在摘山葡萄的少年。

越秦將摘下的葡萄一串串地用衣服兜著，雖然餓極了，但卻沒有邊摘邊吃。聞言，他不由得停下手上的動作，笑道：「阿姐，如果丟下他，他肯定會死。」

眉林扭頭，不再理他，根本是牛頭不對馬嘴。然而她卻不得不承認，少年的那句話觸動了她心底的某根弦，讓她不由自主地正視起他所表現出的對人命極度重視的態度。也許她可以不贊同，但絕對無法輕視。

慕容璟和的脈象亂而不弱，也不知是受了內傷還是別的原因。眉林不通醫理，只能確定他身體確實出了問題，其他實在無能為力。收回手，她想了想，伸出拇指在他的人中上掐了半晌，直到掐出血印也不見人醒來。

「真是大麻煩……」她咕噥，將他敞開的裡衣攏了攏，然後抽出匕首起身去割長藤。

「阿姐，吃葡萄。」越秦兜著一衣服的烏黑色山葡萄歡喜地跑了過來，「這山葡萄可好吃了，以前我在家裡的時候經常跟著木頭他們進山摘。」

眉林看了一眼他並沒有因為戰爭而染上塵汙的純淨黑眸，沒有說話，提起一串葡萄就隨意啃起來。

見她吃了，少年顯得很高興，在原地坐下，也開始吃起來。

「把他放在這兒，那些大炎人自然會找到他。帶著他，我們兩個都會被連累。」吃了兩串葡萄，壓下一直徘徊在口腔中的腥味，眉林便不再吃了，繼續割長藤。

「但也許在他們找到他之前，他就死了……」越秦一邊狼吞虎嚥地吃著葡萄，一邊認真地道。

他說的是實話，撇開其他危險，下雨的深秋山林寒冷如冬，讓一個昏迷不醒的人就這樣躺在這裡，只怕過不了多久就得凍死。

知道他說的是事實，眉林撇撇唇，不再多言，地上已經割下一大堆柔韌的藤條。目光在四周看了幾眼，然後走到一根成人手臂粗細，丈餘高的紅松前，蹲下開始削起其根部來。她雖然力氣不夠，但好在匕首鋒利，沒用多久就將那樹砍倒。

「阿姐，我幫妳。」越秦不知道她在做什麼，兩三下解決掉葡萄，便跑了過去，幫著她剔起樹上的枝葉來。

眉林有傷在身，這一番動作下來已有些吃不消，索性將匕首扔給他，讓他按自己的吩咐做。

大概是做慣了粗活，越秦手腳靈活，片刻便用樹幹和藤蔓做出一個簡陋的架子來。

眉林又讓他將多餘出來的樹幹砍下四截三寸許厚的圓木，扒了皮，在中間挖出圓洞來，分別串在架子下的藤條上。

還沒做完，越秦已經知道眉林的用意，當下幹活的勁頭更足。

當把慕容璟和用藤條牢牢地綁在架子上，拉了一段後，不僅他滿意，連眉林都滿意起來。不同的是，他滿意的是這樣不僅省下了很多力氣，還加快了速度，而眉林滿意的卻是，被這樣綁著的慕容璟和就算突然醒過來，也不會對他們造成太大的威脅。不管是什麼，結果總是皆大歡喜的。

將做架子剩餘的廢料挖了個坑埋下，在上面撲上落葉松針，多餘的土蓋在砍下的木樁上，清除了一切停留過的痕跡，兩人便上了路。

「阿姐，妳也上來，我能拉你們兩個。」走了一會兒後，越秦對落在後面的眉林喊，滿眼都是小孩子得到新奇玩具的興奮。

眉林擺了擺手，示意他繼續往前，自己則在後面仔細地將兩人經過的痕跡清除或者掩蓋。不時地往別的方向走出一段路後，再踩著之前的腳印倒回去。

因為走得慢，一路走她一路摘些可食之物，然後用慕容璟和的濕衣兜著，等摘得差不多後用衣帶紮緊也放在藤架上讓越秦拖著走。

如此走了一個多時辰，倒真是沒人追上，兩人多多少少放下心來。

中午的時候雨停了，只是風仍帶著濕氣，吹到身上寒氣逼人。兩人在一條溪流邊停下暫歇並進食。

眉林走到一邊，隔開越秦的視線在水邊清理自己的傷口，敷上沿途找到的草藥，用清洗過的布帶重新包紮住，又喝了兩口水，不經意地抬頭看了眼天空，臉色倏變。

「小子，藏起來。」說話間，她已急急地退進旁邊的密林之中。

越秦不明白發生了什麼事，但一路已經習慣了聽從眉林的話，連多想一下也沒有便拖著慕容璟和學她一樣藏進了林子裡。

眉林小心不觸動周圍灌木的情況下挪到他們身邊，透過枝葉的間隙往天上看去。

「阿姐，怎麼了？」越秦也跟著往上看。

一個黑點在鉛灰色的雲下盤旋著，突然之間一個俯衝，閃電般射向他們藏身的位置。就在越秦驚呼出聲之際，倏然凝定在林梢上丈許高的地方，現出那青灰色矯健美麗的身姿，金黃色的眼睛閃爍著銳利冰冷的寒光緊盯著他們，是慕容玄烈的那隻海冬青。不待兩人有所反應，海冬青又「刷」的一下飛上高空，繞著他們所在的那片密林畫著圈。

眉林低咒一聲，臉色難看地道：「被發現了，快離開這裡。」

越秦抓著藤架上橫棍的手一緊，弓起身，如一頭受驚的小牛犢般往林子裡鑽，眉林緊跟其後，再顧不上去掩蓋痕跡。然而無論他們怎麼加快速度，那頭凶悍的大鳥都在他們頭頂的上空盤旋，向遠處的主人指示著他們的行蹤。

眉林腿上有傷，這一番疾奔已有些吃不消，忙叫停了前面拖著人也累得氣喘吁吁的少年。

「這樣不行，很快就會被人追上。」她說著，走上前把那根斜挎在少年胸前的藤索解了下來。

越秦有些發白的唇動了一下，卻被她抬手制止，「時間不多，聽我說。」

「你從這裡往前，順著溪流的方向先走一段路，小心點。」她一邊說一邊用匕首削下身旁較柔軟的灌木枝，飛快地編出一個佈滿綠葉的圓帽來，扣上少年的頭，「然後出林，潛進溪下，儘量靠著遮蔽物多的一面……你會泅水嗎？」

越秦點了下頭，張唇欲言，但眉林並沒給他機會，「那你就順著溪流走，只要沒人追上，就別換方向。」說著，給少年理了理幾乎蔽不了體的衣服，將被寒風吹得起雞皮疙瘩的裸露肌膚擋住，又用藤索紮緊，「上岸後別急著趕路，按我之前的方法把自己走過的路處理一遍，別留下痕跡，知道嗎？」

越秦搖頭，嘴依然緊緊地閉著，眼圈卻已經紅了。

「快走，你留在這裡會拖累我。」眉林皺眉，把他往溪水下游的方向推了一把，似乎很生氣。

哪知少年竟然「哇」的一聲哭了出來，沒有走，卻也沒敢靠近她。

眉林見不得人哭，嘆了口氣，走過去攬住越秦的脖子，讓他的額頭抵在自己沒受傷的那邊肩上。他個子瘦小，這個姿勢並不顯得怪異。

「好了，阿姐不是嫌棄你。」

這是她第一次承認這個稱呼，越秦聽到耳中，不由得哭得更大聲，連肩膀都開始抽搐起來。

眉林哭笑不得，卻又莫名地有些心酸，還混雜著另外一種不知名的情緒，讓她不由得放柔了語氣，「難道是女孩兒嗎？這麼愛哭！」

這句話倒有了效果，越秦一下子收住聲，只是不時抽噎一下，反而顯得更加可憐。

眉林嘆口氣，知道沒有充足的理由是無法說服他先行離開的，「越秦，咱們必須分開，不然被上頭那隻扁毛畜生盯住，一個也走不了。你先走，我隨後就來。」

「那阿姐妳先走，我還要拉這個大炎人。」不等她說完，越秦已經抬起頭，拿下頭上枝葉編成的帽子就往她頭上戴。

眉林後退一步閃開，不悅地道：「你這麼笨，等他們殺了你再來追我嗎？」

少年臉上再次浮起委屈的表情。

眉林笑了起來，「阿姐一個人的話有的是辦法不讓人發現，而且我並不是南越人，他們不會把我怎麼樣。」

大概是想起少年對慕容璟和的掛念，於是她又道：「放心，這個大炎人阿姐不會不管，我會看著那些人把他帶回去再離開，然後來找你。」

不等越秦細想這前後矛盾的話，她繼續說下去，「你出去後在離昭京最近的一座大城等我，咱們比比看誰會先到？」說著，已一把拽起藤架上的繩索拖著往林外溪邊走去。

越秦傻呆呆地看著她的背影，很想上前幫忙，卻知道那樣肯定會惹她生氣。就在他躊躇不決的時候，眉林頭也沒回地又喝了聲，「快走！男子漢扭扭捏捏的像什麼樣子？」

越秦身體一震，嗚咽一聲，戴上草帽轉身便跑，過了好一會兒才微微地緩過神來，儘量往林木茂盛處走，讓枝葉隱藏住自己的身影。只是他邊跑邊哭，眼前一片朦朧，被絆摔了好幾次，極是狼狽。

因為兩人分開，海冬青一下子不知要跟哪邊，在天上著實忙亂了會兒，最終因為越秦的身影消失在視線中而放棄追蹤，只盯緊了停在溪邊的兩人。

眉林坐在那裡，掏出懷中蛇肉吃了幾塊，然後用水漱了口，又在附近摘下幾片香草放入口中細嚼。她覺得自己幾乎能聽到衣袂破風的聲音往這邊而來，但也知道那只是幻覺，以她現在的能力聽覺是不可能那麼靈敏的。

不知道是因為寒冷還是因為其他原因，慕容璟和的臉色比早上的時候更壞，青多白少，讓人很懷疑下一刻他就會喘不上氣來。

眉林想了想，上前將把他緊縛在架子上的藤索解開，想著萬一他醒過來了也不至於因動彈不得而無辜喪命。她對他沒好感，無意救他，但也不至於恨他恨到想讓他死的地步。

不錯，她並不打算像對越秦承諾的那樣，真的等到有人找到他後再離開，她可不想找死。想到牧野落梅眼中射出的怨怒，她就不由得打了個哆嗦，覺得越秦差不多已潛入了溪中，於是起身就要往相反的方向跑。

只是腳還沒抬起，腳踝一緊，已被人攫住，害她差點兒摔倒。

「帶我一起走。」沙啞的聲音，不容拒絕的語調。

眉林大吃一驚，低頭，正對上慕容璟和清明的眼睛。

沒有初醒的懵懂，也沒有平時的酒色迷濛，清明而幽深，像一泓藏於深山的清潭。

很多年後，眉林回憶起來都在疑惑，當時究竟是因為他的眼睛讓她產生至靜至寧的錯覺，還是那一刻鳥雀確實停止了鳴叫，甚至於連風都消失了？

不過那只是一瞬間的事，很快她就回過神來，冷冷地問道：「你什麼時候醒的？」她絕不會相信他會醒得這麼巧——就在她決定拋下他的時候。

「昨晚。」慕容璟和相當乾脆。

眉林臉色一僵，想到昨晚三人擠在一塊的事，再加上白日的一番折騰，眉間難得地浮上氣惱之色，欲斥之，卻又立即想到現在不是時候，只能硬忍下這口鬱氣，反笑道：「既然王爺已經醒了，大皇子等必然也快要趕到，又何必為難小女子？」她不再自稱奴婢，只因此時已沒自賤的必要。

聽到大皇子三字，慕容璟和的眉梢不易察覺地一跳，並不試圖多說，只是沒放開手，淡淡地重複，「帶我走。」

眉林臉上的笑掛不住了，狠狠地瞪著他平靜卻執拗的眼，「王爺莫不是忘記昨日還想著要我的命，今日又憑什麼做此要求？」

牧野落梅提出讓她如同那些戰俘一樣入林成為他們追殺的目標，他毫不猶豫地答應，甚至在她苦苦懇求的時候，只顧著去討好牧野落梅，連多餘的一眼也不曾施捨給她。如今倒好，他竟還敢使喚她，倒真是以為王爺可以通吃天下嗎？

「我沒想要妳的命。」慕容璟和垂下眼，就在眉林心中一動的時候，又補上一句讓她幾乎吐血的話，「妳是死是活與我何干？」

他的意思再明顯不過，她對他來說什麼都不是，所以他也不會去在意她的死活。

他這樣一解釋，眉林立即明白了，他收她入帳，他棄她於山林，他用她討好心愛的女人，都不是因為他對她有什麼成見，只是她恰好是那個順手的人。至於她這個人，其實從來沒被他看入眼中過。於他來說，自己像一個物品更勝於活生生的人。而一個物品，哪裡又談得上死活？

眉林不以為自己對他抱過什麼期望，但還是被這句話給刺痛了。只因從在暗廠起，她就是被當成一個物品對待。她以為……當他滿眼癡迷地摸著她眉角的那粒痣的時候，當他從背後擁著她入眠的時候，她在他眼中起碼還是個人。

原來……原來……低笑了聲，她努力平復住滿腹的悲涼與憤怒，抬腳想要甩開他的手，卻被他接下來的話給止住了。

「妳若不帶上我，也休想逃掉。」

明擺著的威脅。

眉林對他再沒了絲毫的憐憫，聞言冷冷一笑，從腰間拔出匕首，蹲下身直指他脆弱的喉嚨，「逃不掉……你信不信我先殺了你，再砍去你的手？」

「信。」慕容璟和面不改色，連眼睛也沒眨一下，見她手上的匕首微退，又笑道：「妳信不信殺了我，妳和那個孩子將再看不見明天早上的太陽？」

天上傳來一聲尖厲的鷹嘯，眉林抿緊唇，沉默地收回匕首，心知他說的是事實。不管怎麼說，他都是一個王爺，無論受不受皇帝寵愛，都不能抹殺這一點。一個王爺不明不白地死在這裡，只怕會有很多人遭殃。

「你能不能走？」她果斷地做出了決定，知道再拖延下去，那就真的不用走了。

慕容璟和微笑，沒回答。

事實再明顯不過，如果他能走，又何必一直裝昏迷？

眉林無奈，只得彎下腰想要扶他起來，然而這一用勁，不僅左肩重新包紮過的傷口再次滲出血來，右腿更是一陣劇痛，「撲通」一下跪跌在地，剛扶起半身的慕容璟和也再次摔了回去。

「就算妳想報復我，也不必急在這一刻。」慕容璟和臉上閃過一抹痛楚，說出口的話卻於滿不在乎中含著譏誚。

眉林垂著頭，靜待疼痛緩解，才抬起眼看向他，冷淡地道：「我現在身上所負的箭傷全拜你的女人所賜。」

聽她提到牧野落梅，慕容璟和臉色一沉，語氣瞬間冷了許多，「她性子剛直，眼裡容不得半粒沙子，沒取妳性命已是妳的造化，妳還有什麼不滿足的？」

眉林「哈」的一聲笑了出來，想到牧野落梅是怎麼放過自己的，不由得反譏道：「莫不成我還要感激她？」語罷，看慕容璟和臉上浮起怒氣，不等他說出更難聽的話，就轉開了話題，「現在的問題是，別說我扛不動你，就算扛得動，也會很快被追上。」

她道出事實，卻又忍不住鬱悶地補上一句，「我看你的女人也會追來，她自然會把你安安全全地帶回去，你又何必拽著我不放？」

「本王喜歡。」慕容璟和意識到目前的處境，也不糾結在牧野落梅的事上了，沉吟道：「時間上確實是來不及。」

第六章——陰謀

黃花翠蔓無人顧，浪得迎春世上名。

慕容玄烈的親衛在前面探路，快要抵達獵鷹指示的地方時，看到不遠處一個人影立於藤蘿林隙間，身著慕容璟和的衣服，想也沒想，抬手就是兩箭。

而等慕容玄烈和牧野落梅趕到時，那個侍衛臉色不太好地恭立於一旁，而他們辛苦尋找了一夜的人——慕容璟和，此刻正頭枕美人懷，慵懶地側臥在溪邊的一處平滑大石上。石上墊著一件薄衫，半躺半臥在上面的兩人都只穿著白色的裡衣，一個衣襟半敞，一個髮絲散亂，不用想也知道他們來之前這裡在進行著什麼。

在大石的周圍，溪流淙淙，野菊爛漫，襯得白色內衫上血跡斑斑的美人凄豔中隱露妖嬈。

牧野落梅沉下臉。

見到他們，慕容璟和連起身也沒有，不太熱情地道：「大哥，你們怎麼來了？」

慕容玄烈瞥了眼旁邊神色忐忑而怪異的侍衛，心中納罕，不由得仔細打量神情中隱含不悅的慕容璟和，企圖從他身上找出點什麼。

「璟和，你真是胡鬧，可知我們尋得你多苦？」他微微皺眉，臉上顯露出不滿，一副如同兄長教訓幼弟的架勢。

「你們尋我做什麼？」慕容璟和聞言眼露驚訝之色，說著微側臉看向眉林。

她立即會意地低下頭親了親他的臉，然後在他頸旁纏綣纏綿。

他微仰頭，神色縱容而愛憐，話卻是對慕容玄烈說的，「我與愛姬在此玩賞秋色，賞夠了自然會回去。莫不是皇兄以為璟離軍五年，無用到連自保也不能了？」語至此，他突然笑了一下，目光如電般掃向那個親衛，冷冷道：「所以還要讓侍衛射上兩箭試試兄弟的身手？」

慕容玄烈臉色驟變，狠狠地瞪向那個侍衛，怒道：「你好大的膽子！」

那個侍衛「撲通」一聲跪了下來，「殿下恕罪，那時風動，卑職只當是猛獸，實非有意冒犯荊北王爺。」他語氣冷靜，不見絲毫惶恐。

不等慕容玄烈有所反應，慕容璟和就笑吟吟地道：「如果連人和獸都分不清楚，這樣的侍衛留在身邊，兄長的安危可著實讓人擔憂啊！」

他此話一出，原本還一臉有恃無恐的侍衛面色瞬間變得灰敗，跪著的身體顫抖起來，連連叩頭，「屬下知罪，屬下知罪……」

慕容玄烈俊美的臉上掠過一絲陰冷，但隨即被笑容代替，「既然這不長眼的奴才冒犯了三弟，為兄自不會便宜了他。山中秋雨方歇，寒濕透體，實不宜久留，咱們還是速速回去吧！」

慕容璟和像是被懷中美人伺候得舒服了，半瞇上眼，好一會兒才懶洋洋地在美人的攙扶下坐起身，卻仍然像沒骨頭一樣靠在她身上，輕佻地瞟向快要掛不住笑的慕容玄烈，「兄長還是先回吧！璟與愛姬尚未盡興，實……」

「夠了！慕容璟和，你還想要怎麼折騰？」一直沉默不語的牧野落梅終於忍不住，美眸中充滿了怒火與不耐。

似乎直到這一刻慕容璟和才注意到牧野落梅的存在，薰染著情慾的眼睛慢悠悠地轉向她，定定地看了片刻，神色越來越冷，「妳是什麼身分，敢這樣同本王說話？」

此言一出，不僅牧野落梅和慕容玄烈，便是眉林也不由得呆了呆。然後便聽到他繼續道：「妳傷本王的愛姬，本王尚未找妳算帳，妳還敢在此囂狂？」

「慕容璟和，你、你……」牧野落梅素來是被慕容璟和寵著捧著的，此時他的態度一下子轉變若此，讓她又氣又怒又不敢置信，一時間竟不知要如何反應。

「本王的名諱是妳叫得的嗎？」慕容璟和打斷她，眼中浮起厭惡的神色，「像妳這種女人既無趣又高傲，本王不過是興致來了與妳玩玩，妳便真當自己是一回事了？竟然敢傷本王的女人……」

牧野落梅氣得臉色發青，連說了幾聲好，轉頭便走。

慕容玄烈在後面喊了幾聲，見人走得遠了，不由得回頭責備，「璟和，你這次真是太過分了！」說罷，也轉身離去。

走了幾步，他又停下來，對著身後跟著的另外一個侍衛，命令道：「你留在這裡保護荊北王爺，若有分毫閃失，便提頭來見。」

眼看著他也消失在林間，眉林才感覺到一直緊抓著自己的慕容璟和緩緩地鬆開了手，陣陣刺痛從掌心傳來，讓她不解地皺了眉。如果痛苦至斯，他又為何要那麼說？讓牧野落梅知道實情不是更好？

沒容她多想，慕容璟和側轉頭，唇恰好貼在她的脖子上。外人看上去便像是兩人又開始親熱起來，那留下的侍衛記得之前同伴的教訓，慌忙背過身，走得遠了些。

「儘快解決掉他。」慕容璟和用呢喃的語調道，眼中是毫不掩飾的狠辣。

眉林點頭，她自然知道這個侍衛是慕容玄烈留下來監視他們的，只要他們稍不留神，只怕就會真如慕容璟和那件衣服一樣，被扎上幾個窟窿。想到此，她不由得看向那掛在一株小樹上的衣服，兩支羽箭正穩穩地扎在上面，被風吹過，連搖晃一下也沒有，可見使箭之人力道有多大。

於是她將慕容璟和輕輕地擺回石上，小心地換了一個舒適而悠閒的姿勢，然後起身往那個侍衛所在的方向走去。

其實在慕容玄烈他們抵達之前，眉林曾依照慕容璟和的指點，在他們鄰近的一片林子裡做了一些手腳，以防萬一。當然要用這點簡陋的設置收拾慕容玄烈幾人確實有點困難，但單單對付一個心有顧忌的侍衛卻是綽綽有餘。

當眉林看到那個侍衛果真踩到陷阱被藤蔓纏住倒吊在空中的時候，心中對慕容璟和的防備又深了一層。若不是此刻兩人命運相連，只怕她已趁機溜了。

她拔出匕首走向侍衛。

藤蘿交纏，那人被吊得並不高，頭部堪堪到眉林肩膀的位置，但卻因為手腳都被藤蔓纏住，地上又佈滿了削尖的木樁，而不敢擅自用內力震斷身上的老藤。

不遠處的幾個火堆仍在熊熊地燃燒著，那是眉林從他身上借來的火摺子點燃的，然後他還沒明白過來是怎麼一回事，便被一個古怪的陣勢圈住，慌亂中中了他們的陷阱。

當眉林將匕首抵在他因為倒吊而更顯突出的喉嚨上時，他覺得這命丟得真冤枉，但是好像又不是那麼冤枉。

誰知眉林頓了一下，然後轉頭走了，丟下他一個人滿頭霧水地被風吹來蕩去。

眉林滅了火堆，從小樹上取下被戳了兩個洞的衣服走回慕容璟和身邊，丟在他身上，然後轉身去拉藏在草叢裡的藤架。她把慕容璟和扶上去，然後穿上自己的衣服。

「為什麼不殺他？」慕容璟和問，他以為她心夠狠。

「我喜歡。」眉林連眼角都沒掃他，繫好腰帶，彎腰去拉藤索。

慕容璟和愣了一下，突然想起這話自己不久前才說過，她學得倒是快。

眉林試了試力道，又抬頭看向天空，確定那隻惡鳥不見後，方將藤索挎上自己沒受傷的肩膀，然後吃力地拉著順溪而下。

她不認為自己是一個心軟的人，但是在看到那個侍衛眼中流露出茫然無奈以及認命的神情時，突然就不想下手了。怎麼說那人對他們都沒造成威脅，她又何必趕盡殺絕？

如果可能，眉林都不願跟慕容璟和說話，對於這個人，她心底總有一種難以言喻的畏懼，想避得遠遠的，原因很多，她都懶得再去追溯。而慕容璟和顯然也沒太多精力閒聊，因此一路上兩人都默契地保持著沉默，直到夜幕降臨。

眉林在一叢繁茂密集的藤蘿灌木中間劈出一個足夠容下兩人的洞穴來，在入口處用從那個侍衛那裡弄來的火摺子生了一個火堆。

那些藤蘿間夾有山藥藤，她就順手挖了兩段兒臂粗的山藥，埋到火下的灰堆裡。她又將身上還剩下的生蛇肉用匕首插著拿到火上烤。

看到自己的愛器被這樣糟蹋，慕容璟和不樂意了，「笨女人，妳不知道這樣燒會把它燒鈍的嗎？」

眉林沒理他，將烤得差不多的蛇肉放到一張葉片上，又串上三片繼續烤。

除了炎帝和牧野落梅，還沒被別人這樣輕慢過，加上危機已過，慕容璟和終於忍不住惱了，怒道：「賤婢無禮，莫不是忘了自己的身分？」

聞言，眉林覺得太陽穴好像抽了一下，這才抬頭看向靠坐在對面藤蘿上的男人。見他一臉的盛怒，一時竟有些把不住他究竟是裝的，還是真的。不過不管怎麼樣，她都已沒有了對他低聲下氣的必要。

「男人，從現在開始你最好學會閉緊嘴巴。」她警告他，眼神不善。沒有其他威脅的動作，卻就是能讓人知道她並不僅僅是說說而已。

如果慕容璟和能動，只怕已一腳踹了過去，偏偏此時卻是動彈不得，只能狠狠地瞪著又轉回頭繼續烤蛇肉的女人，恨恨地道：「賤婢，總有一天本王必讓妳為今日所言付出代價。」

眉林打了個呵欠，就著匕首吃了塊烤得差不多的蛇肉，邊嚼邊道：「等到了那一天再說吧！王爺你現在就是一個廢人，吃喝拉撒都得靠本姑娘，還是想想怎麼討好我讓日子過得舒坦些更實在。」

就算沒有鹽，烤熟的蛇肉也很美味，這對兩天沒進熟食的人來說簡直是一大享受。連吃了兩塊，她才像是想起另外一個人，不假思索地捏起一塊放在草葉上的蛇肉就塞進男人的嘴裡，恰恰把他正要出口的話給堵了回去。

慕容璟和被餓了一天一夜，雖然極為不滿眉林的惡劣態度，但並沒抗拒到嘴的食物，三兩下嚼完吞下，一點也不客氣地道：「還要。」

眉林倒也沒想怎麼折騰他，一邊烤一邊餵他，一邊自食。只是三片三片地烤，實在是熬人耐性，後來她索性削尖了一把新枝，剝了外面的皮，將肉都串上一起烤。

暫時沒得吃了，慕容璟和剛剛被勾起的饞蟲一下子氾濫成災，眼巴巴地看著一聲不吭地烤肉的眉林，忍不住催促，「笨奴才，慢吞吞的，妳是存心想餓死本王！」

眉林從來沒覺得一個人如此聒噪過，不由得有些煩了，拿起一串沒烤熟的肉就要往他嘴裡塞。

慕容璟和被嚇了一跳，慌忙偏開頭，惱道：「沒熟的東西妳也敢給本王吃？」

眉林這下子給氣壞了，收回那串肉繼續烤，「你再囉囉嗦嗦，就別吃了。」如果不是之前領教過他的手段，只怕她當真會以為他就是一個不學無術，養尊處優的紈褲子弟。

慕容璟和聞言不由得瞪圓了眼睛，但看她表情認真，只怕是說得到做得到，為了自己的肚子著想，他終於還是強忍了下來。

藤蘿叢中瞬間變得安靜無比，只聞火焰烤肉發出的滋滋聲，以及不時響起的夜鳥夢啼。

眉林頓時覺得神清氣爽，自離開暗廠以來首次感覺到拋開一切的自由與輕鬆，什麼任務，什麼解藥，既然走到了這一步，再擔憂也是多餘。

當烤蛇肉香味變得濃郁起來的時候，她突然想起慕容璟和不可能察覺不到她與之前在王府中所表現出來的不同，但卻一句也沒問過，心中不由得浮起些微古怪的感覺。難不成他真是對她無視到連她如此大的改變都沒發現，還是有其他原因？

「你怎麼會變成這樣？」她開口，問的卻不是心中正思索著的問題。

慕容璟和大概還在生之前的悶氣，聞言索性閉上了眼，不予理睬。

眉林笑了下，也不是很在意，想了想，突然起身在他身上一陣摸索。

慕容璟和被嚇了一跳，驀然睜開眼，喝道：「妳幹什麼？」

眉林沒立即回答，摸了半天，除了一塊玉佩外什麼也沒摸到。她悻悻地收回手，並沒拿那塊一看便知碰不得的東西，埋怨道：「你身上怎麼什麼都不帶？」她在王府才待幾天，連月銀都沒拿到，這一下出山後要怎麼辦？

尊嚴被一個在他眼中地位低賤的女人三番五次地侵犯，慕容璟和直氣得差點兒沒暈厥過去，咬牙切齒地道：「本王帶什麼不帶什麼，還輪得到妳這奴才過問？」

聞言，眉林只是揚了下眉，笑道：「我想我該告訴你一聲，在你自己能走動以前，無論你願不願意，你都得跟我在一起，我去哪兒你就得去哪兒。」

她一點也不相信，等他安全回到他自己的地方之後，會輕易放過她。另一方面，慕容玄烈等人以後必然會繼續尋找他們，有他在，她多少有些保障，否則百條命也不夠那些人追殺的。

蛇肉已經烤熟，泛著淡淡的焦黃色，她收回手，將之平均分成兩份，然後把其中的一份全部褪到草葉上。邊做這些事，她邊抬頭看了眼慕容璟和不是太好看的臉色，繼續道：「或許我該說得更明白一點，也就是以後咱倆得相依為命了，我吃肉你吃肉，我嗻糠你也得嗻糠。如果沒有吃的話，先死的一定是你。所以你身上帶沒帶銀子或者可以換銀子的東西與你自己有著莫大的關係。當然，我不介意你一直叫我賤奴才，如果你喜歡的話。」說著，她將串肉的木棍折成兩段充當筷子，然後夾著褪下來的蛇肉開始餵那個已經氣得額上青筋直跳的男人。

看他雖然一臉想要拒絕的神情，卻在猶豫了一下後仍然張開了嘴，乖乖地吃下去，她又補充了一句，「但是你不用指望我這個賤奴才，會花大把的錢請大夫給你治病。」

她才不會去做這種自掘墳墓的事。

不知是不是氣過了頭，慕容璟和反倒平靜了下來，靜靜地將屬於他的那份肉吃完，然後便閉目養神，讓人突然間產生一種高深莫測的感覺。直到眉林將埋在火下面的山藥掏出來，剝去外面那層焦黑的皮，又餵他吃下，他便靠著背後密織的藤蔓睡了，再沒挑起過任何不快。

眉林已將該說的話說完，正好樂得清靜，在火堆裡添了些柴，又確認不會燒到周圍的藤葉，也往後一靠放鬆下來。

當她的呼吸漸漸變沉後，慕容璟和卻睜開了眼，若有所思地看了她半晌，然後才將目光轉向一旁燃得並不算大的火堆。跳動的火焰映進他幽暗的眸中，讓他不由自主地開始回想這兩日所發生的事，想起被自己氣走的牧野落梅。

究竟她是否也參與進了這場陰謀？

這個問題，他只是想想便覺得無法容忍，若成為事實，他只怕會做出連他自己也難以預料的事來。

在見識到眉林的真實性格以前，慕容璟和原本是對前一日莫名其妙就攻擊他，逼他對練的牧野落梅產生了懷疑，並因此而感到深刻的悲傷的。當然，這種懷疑在與眉林相處以後不由自主地便慢慢淡化了。他倒更趨於相信牧野落梅是被眉林氣得失去了理智，吃了啞巴虧，才會回頭找自己發洩。

目前的情況是，不管是什麼原因，他都因為這件事而吃了大虧。

自五年前開始，他就極少與人動武，就算偶爾玩玩，也只是像狩獵一類的不需調動內力的節目。世人都道他是因為被剝奪兵權而一蹶不振，卻不知他其實是因為被刺殺幾乎步入黃泉，後雖勉強瞞過眾人撐了過來，卻也落下頑疾，經脈弱不受力。

牧野落梅的攻勢步步緊逼，毫不留情，讓他連拒絕的機會都沒有，只能勉強接招。若在平時，他可以費些心思巧妙地相讓，但當時的情況對他凶險萬分，自然希望越早結束越好，因此出手極其狠辣，只望能逼得牧野落梅自動放棄。

可惜人急無智，他竟忘記了牧野落梅性格要強，又好面子，讓她在壓力下主動喊停無異於讓她示弱低頭，這是永遠也不可能發生的事。因此最後還是他咬牙硬受了她一掌，兩人的較量才算停下。然而他的相讓卻被她看出，令她大怒而去。

他當然不會再如以往那樣追上去討好賠罪，翻湧的氣血以及欲裂的經脈讓他連坐在馬上都困難，就在那一刻，他就知道自己不能回去，不能讓一直旁觀的慕容玄烈看出絲毫端倪。於是也藉機表現出一副氣怒難當的樣子，跟慕容玄烈說要繼續追獵，然後便策馬進入了密林。在走出很遠之後，他甚至還能感覺到慕容玄烈那雙如同鷹隼般的眼睛在注視著自己，如同一隻擇腐而噬的禿鷲。

他不得不挺直背脊，冀望能在行馬間恢復少許元氣，緩解經脈的受創程度。只是在早上得知慕容玄烈也積極促成此次追獵，那一刻他所產生的不好預感成真了，在黑暗將山林徹底籠罩之後，他遭到了伏擊。

父皇曾明令禁止他披甲冑以及參與任何軍事行動，此次竟會破例，實難讓他不生起防備之心。

好在伏擊他的只有兩人，試探更甚於刺殺。想必他身患頑疾的事早已被有心人聽到風聲，正欲找機會證實。而在證實之前，對於他，他們仍然有著忌憚，不敢逼得過緊。

在這種情況下，他不得不孤注一擲，明知會重蹈覆轍，經脈寸裂，仍然使用了極招，將那兩人一舉擊斃。之後氣勁反噬，他從受驚在暗林中亂竄的馬背上墜落，醒來時已和眉林兩人擠在一起。

從兩人的對話中，他判斷出眉林雖然不是一個善類，但心卻很軟，而那個少年就更不用說了，因此索性裝昏，利用他們帶自己出山。

對他來說，這正是一個離開昭京的大好時機。雖然付出的代價很大，甚至前途難測，但值得。

出山的路並不順暢，有的地方藤架無法通過，眉林唯有靠半拖半馱才能把慕容璟和弄過去，藤架只能放棄。不過不管怎樣艱難，就在天上再次出現慕容玄烈那隻海冬青的時候，他們終於來到了山林的邊緣，前後足足耗了五日。

然而，當他們看到駐守在山林外的軍營時，不得不又退了回去。

「是瀘城軍。」慕容璟和閉了閉眼，淡淡道。

雖然沒有多說，眉林卻也大概能猜到，必是炎帝下旨封鎖鍾山，不然還有誰敢擅自調動軍隊？由此可知，鍾山的其他出路必然也已被封。

封山卻不搜山，父皇您對我的防備真是很重啊！慕容璟和唇角的苦澀一閃即逝，轉瞬便被堅定所替代。

眉林對這些朝廷之事不甚瞭解，但也知道就這樣出去絕對討不了好，於是又悄悄地拖著慕容璟和縮了回去。慕容璟和並沒反對，必是和她有著同樣的顧慮。

「怎麼辦？」兩人縮在岩石的夾縫裡，眉林提問。

「我久不回去，他們定然很快就要展開大肆搜山，山中不可久留。」

眉林秀眉微蹙，想了想，道：「我可以把你送到林邊，但我不會出去。」有牧野落梅在，她現在只怕已經成了頭號通緝犯了，哪敢自投羅網。

慕容璟和一聽，素來半睜半闔像永遠也睡不夠的眼睛立即瞪得溜圓，「妳敢！」經過幾日相處，他終於將一口的賤婢奴才改掉。

「我想可以試試。」眉林忍不住笑了起來。

慕容璟和沉默，然後手指動了一下，又抓住了她正好放在自己身邊的腳踝，就像是在重複那天的情景一樣。

然而他還什麼都沒說，眉林一下子沒脾氣了。

「我記得鍾山有一個傳說。」慕容璟和這才緩緩地開口，臉上浮起思索的神情，「據說曾經有人在鍾山裡迷了路，走進一個山縫，穿過山縫後竟然到了安陽地界。」

「安陽？」眉林呆了一下，然後搖頭，覺得傳說真是無稽，安陽距此兩百餘里，馬車也要行幾日，怎麼可能穿過一個山縫就到？

慕容璟和看到她不以為然的表情，低聲道：「不是不能的。」

她哪裡知道，為了能逃出昭京那個囚籠，幾年來他不放過任何一個可能性，就連這在世人眼中完全不可能成為事實的傳說，也被他著親信實地調查過。

看到他的神情，眉林不由得心頭一震，意識到他們或許真有了生路。

隨便摘了點野果吃，然後按著慕容璟和的指點，兩人一邊避著天上的扁毛畜生，一邊往傳說中的石林而去。

所謂的石林，就是在鍾山西南，人稱「火燒場」的一片荒石灘。那裡全是焦黑的石頭，寸草不生，彷彿被大火燒過一樣，得名於此。它背倚鍾山最高的山峰峙山，在蒼翠的山林間顯得異常突出。然而無論是尋幽探險之客，還是走慣了山林的獵人，都會儘量避開它，不願靠近。因為傳言凡是進入火燒場的人，都再也沒能出來過。更有人說，火燒場其實就是一個迷陣，人進去後會很快迷失方向，直至餓死。

「那種地方……你確定我們的運氣會比較好？」

與其根據一個傳說讓自己陷身於茫然不可知的危險境地，她倒寧可面對那些封山的官兵。雖是這樣想，她仍然吃力地半馱著慕容璟和往石林而去。

人有的時候就是這樣奇怪，明明是與自己意願相左的事情，做起來卻毫不勉強，追究原因，只怕還是源於信任。眉林想到自己竟然會信任慕容璟和這個渾蛋，就覺得不可思議。但是也不得不承認，他所展現出來的能力讓人不敢小覷。

「至少到目前為止，我們的運氣還不算太壞。」慕容璟和下巴靠在她的肩上，正好可以看到她眉角上那粒小痣，無奈動彈不得，否則只怕已經一下子親了上去。不過即便是這樣，也已足夠讓他從經脈寸裂的劇烈疼痛中分散出些許心神，「妳頭低點兒。」

「啊？」眉林扶住一株櫟樹休息，正在琢磨那句運氣不算太壞，聞言想也沒想，當真將頭放低了些。

慕容璟和微仰起頭，發現還是勾不著，於是又道：「再低點兒。」

眉林此時已經回過神，直起脖子，疑惑道：「幹嘛？」

這裡就兩個人，有什麼事非得湊那麼近說？何況兩人的距離並不算遠。

「自然是很重要的事，本王讓妳低就低，囉嗦什麼？」

明明連行動都得仰仗別人，偏偏還是那副高高在上的姿態。

數日相處下來，對彼此性子都有些許瞭解，眉林倒也不生氣。看他這樣堅持，只以為真是什麼重要的事，大抵跑不出兩人正在談論的如何從石林謀求一線生機。於是不再多問，依言低下頭來，主動將自己的耳朵湊到他的嘴邊。

慕容璟和頓時笑眯了眼，嘴唇擦過她的耳廓，輕輕印上那粒讓他垂涎許久的小紅痣。

當溫熱的呼吸噴在眼睫上，久久等不到對方說話後，眉林總算反應過來，知道他這是戀痣癖又犯了。

不得不說，當被這樣珍惜憐愛地對待時，她也會忍不住心弦顫動，但是已有前車之鑒，讓她知道這樣的舉動對這個男人來說其實什麼也不是。所以她穩住心神，淡定地抬起頭，繼續艱難的行程。

「堂堂王爺竟然會迷戀一粒小痣，真是可笑至極。」眉林目視前方，唇角故意撇出一絲譏誚的弧度，藉以掩飾心中的異樣感，同時想激怒他洩露出之所以這樣癡迷的蛛絲馬跡，她很清楚直接問是不可能得到答案的。

然而出乎意料的卻是，慕容璟和並沒有勃然大怒，而是仍舊目不轉睛地看著她的眉角，彷彿沒聽到似的。

眉林無奈，懶得再繼續試探，將全副精神都放到了趕路上，同時邊走邊採摘一些野果、草藥等物。沒過多久，額上就已滲出汗水，晶亮的水珠滑過嫣紅的小痣，襯得其越發嬌豔可人。

慕容璟和手指動了動，然後遺憾地嘆了口氣，慢悠悠地道：「本王愛美人，愛醇酒，愛一切可愛之物，何時又輪得到妳一個無知婦人來評斷了？」

正在往嘴裡塞某種解毒草藥的眉林差點兒被噎住，好不容易嚥下去，一邊舔著有些發麻的牙齒，一邊思忖究竟是賤奴順耳點兒，還是無知婦人順耳點兒？

似乎都不太好聽啊！

就在她得出結論的時候，慕容璟和終於注意到她邊走邊將各種認識的不認識的草藥往嘴裡塞的情景，忍不住問道：「妳吃那麼多亂七八糟的生草藥做什麼？」

很多草藥的藥性是相沖的，她這不明擺著是找死的行徑嗎？

嘴唇好像開始有些發麻。眉林抿了抿，淡淡道：「有病治病，無病強身。」說著，從懷中掏出一株草藥遞到他嘴邊，「你也來點兒？」

「有毒的吧？」慕容璟和懷疑地道，然後不屑地別開臉，終於不再盯著她的眉角看了。

眉林笑了下，突然覺得一陣心慌，眼前的景物開始出現重影，她忙扶住身邊的一棵樹幹，低著頭喘氣。

「怎麼了?」慕容璟和察覺到異常。

眉林搖頭，覺得胸口煩悶欲吐，不得不將他小心地挨著樹幹放到地上，自己也無力地跪倒在地，咬牙強忍那一波波襲來的不適。

慕容璟和看著她越來越蒼白的臉以及額上直冒的虛汗，一下子反應過來，「妳中毒了，蠢女人。」

語氣中幸災樂禍大於擔憂，他就說像她那樣胡吃亂塞的方式，怎麼會沒中毒?

眉林好不容易緩過一口氣，聽到他這句話，沒好氣地道：「我中了毒，你也沒好處。」雖是如此說，她心中其實也清楚他沒說錯，知道自己這樣做實在過於魯莽。但是她沒多少時間了。雖說體內的毒素發作時暫時不會要她性命，但卻會消耗身體的機能，多挨一日都會對身體造成無可彌補的損毀，她絲毫沒有把握能在生機被耗盡前找到解藥。

「妳要想笨死，我只好認命。」慕容璟和注意到她的臉色稍稍好轉，心中暗自鬆了口氣，嘴裡卻毫不相讓。

眉林發現眼前的一切又慢慢清晰起來，定了定心神，抹去額上的冷汗，重新拽起靠樹半坐的男人繼續趕路。等嘴舌的麻木感完全消失之後，竟又依然如前那樣邊走邊試吃各種草葉花莖。

慕容璟和覺得這個女人簡直是無可救藥，忍不住譏嘲，「妳就這麼想死？」

「當然不想。」眉林回答得乾脆，話是這樣說，試嘗草藥的行為卻並沒停止。

只是這一次不單單是自己吃，她還不時將一些味道極苦又或極奇怪的往慕容璟和嘴裡塞。

「與其我中毒而亡後，你一個人餓死在這裡，又或者被野獸活生生撕碎，不如也跟我一起被毒死好了。」

慕容璟和想拒絕，但耐不住她一次又一次鍥而不捨的填塞，最後只能乖乖嚥下，自然是一邊吃一邊滿肚子的怨氣兼火氣。慶幸的是，直到抵達目的地，他們都再沒吃到過任何有毒的東西。

「希望你的好運氣能一直持續下去。」眉林看著林外數丈遠那片極其突兀的焦黑巨石群，喃喃道。

慕容璟和黑著臉沒有應。

第七章 — 羞恥

此日溶溶春滿院，柔風初破一枝花。

石林背倚著聳拔入雲，蒼翠欲滴的峙山，其他三面皆是蔥蘢的竹林，兩者間隔著一道數丈寬的環形焦土，涇渭分明。

眉林蹲下身，仔細觀察地面，半晌後撚起一撮炭灰似的沙土遞到慕容璟和面前，「你看，這是被燒過的……但為何會寸草不生？」她疑惑，經過多年，在大火所遺灰燼上應當是草木茂盛才對。想到此，她突然像抓到什麼可怕的東西一樣，慌忙將那些沙土扔到地上，又在衣服上擦了擦手。側眼，果然看到慕容璟和眸裡不加掩飾的嘲笑。

她毫無客氣的一把將他扔在鋪滿竹葉筍殼的地上，轉身時聽到壓抑的痛哼聲，她的唇角不由得微微翹了起來，然後一邊在衣上撕下一條布帶，用牙咬著紮緊抓過沙土的那條手臂臂根，一邊往不遠處的小溪疾步而去。

小溪是從峙峰流出，沒有經過火燒場，溪水清澈，兩旁植物繁茂，不時還能看到小動物留下的足跡。

單手入水濯洗，再抬起，發現整個手掌已經漆黑如墨，如同那些焦石一樣。眉林嘆了口氣，拔出匕首，在掌心劃了個十字形的傷口，然後隔著袖子握著手臂由上往下推擠，看到黑血一滴一滴落入溪水中，轉眼便有幾條小魚翻著白肚漂浮了起來。

「真沒良心。」她嘀咕，神色間卻並無抱怨之意。她太清楚那個男人能夠無情到什麼程度，一旦讓他有了翻身的機會，自己定然會死無葬身之地。何況她會救他也是被逼得無可奈何而已，所以自然不會認為他該有所回報。

隨著流出傷口的血由開始滴滴答答漸漸轉成連續不斷的一股，麻木的掌心也慢慢地恢復了知覺，先是如同蟻噬，然後變成疼痛，血終於恢復了鮮紅之色。

又等了片刻，眉林才將臂上的布帶解開，看著掌心血如泉湧也不驚慌，從腰間的草藥間翻找出止血的，嚼碎了吐在上面，用布帶纏了幾層，這才起身。

一陣昏眩襲來，她晃了一晃，不得已又重新蹲下，俯下身就著已回歸清澈的溪水喝了幾口，這才感覺稍稍好點。

她其實是不怕中毒的，因為自己在入暗廠的時候已被種下會定期發作的慢性異毒，對其他毒物或多或少都有著一些抵抗力。只是血實在有限得很，多幾次失血，便有些消受不起。

她將匕首在水中清洗過，然後砍了節竹筒，盛了水回到竹林邊緣。慕容璟和趴在地上，臉偏著，側貼在厚厚的枯葉之上，顯然開始是由正面撲跌在地上，之後便再沒動彈過。睜著的眼中不見憤怒和怨恨，只是讓人難以捉摸的深沉。見到她回來，竟然揚唇一笑，語氣異常柔和地道：「如果妳聰明的話，最好現在就殺了本王。否則今日之恥，他日必將百倍回報。」

雖然心中早已有數，可是聽到他用這種語氣說出來的時候，眉林仍不由得心中一寒。「我要怎麼做用不著王爺來操心。」她神色不動，蹲下將他翻了個身，然後略略扶起，開始餵帶回來的水。

慕容璟和慢條斯理地啜著水，揚起眼睫，企圖從眉林的平靜下面看出點兒什麼。白淨的臉，被水沾濕的髮靜靜地貼在頰畔，讓人很想伸手去把它撩到耳後。淡細的眉，無波的眼，這是一個怎麼看都是那種習慣了低眉順目沒有自我主見的女人，卻不料心機竟是如此深沉，行事也出乎意料的果斷幹練。

慕容璟和第一次仔細看眉林的容貌，在她垂眼的時候，終於明白自己為什麼會看走眼。兩人之間的記憶僅限於她眉梢那粒紅色小痣以及這幾日的相處，以前明明還在一張床上睡過，他卻竟是怎麼也想不起。就算他真的不將這個人放在心上，也不至於如此，由此可知是她有意弱化了自身的存在感。

感覺到他若有所思的探究目光，眉林揚眼，毫不避讓地與他對視，於是存在於那裡面的冷漠便直直地撞進了他的心中，讓他的瞳孔不由得一縮。

眉林唇角一緊，然後笑了，只是笑意並沒驅散瞳眸中的冰冷。即便是如此，慕容璟和仍不得不承認她長得其實很秀美，然而這種美與牧野落梅無法相比。

「既然土中有毒，那麼那些石頭上恐怕也是如此，你確定我們真的要進去？」她再次確認。

「妳怕了？」慕容璟和揚眉，欲待再挑釁，突然神色劇變，原本白中透青的臉一下子漲得通紅。

眉林發現凡是不需要合作的時候，兩人就很難和平相處，正在想著是反脣相譏還是不予理會的時候，耳中突然傳來一串極響亮的肚子叫，她驚訝道：「你餓了？」

這一路走來幾乎是沒停過嘴，她都還撐得難受，他怎麼會餓得這樣快？

慕容璟和握緊拳頭，動彈不得的身體竟不可察覺地近似痙攣地扭動了一下，他別開眼，幾乎是從牙縫裡擠出幾個字，「我要大解。」

原來連路吃些奇怪的東西，他嬌貴的腸胃竟承受不起，開始翻江倒海起來。

這幾日為了避免尷尬，他都儘量少進食少飲水，大解還不曾有過，小解都是眉林幫他。此時欲要大解，他卻不知該怎麼辦才好。

不只是他，連眉林也有些手足無措。

「快點！」見她還在發楞，慕容璟和惱羞成怒地催促。

「哦哦。」眉林慌了，伸手就開始給他扒褲子。然而越急越亂，一不小心竟然將腰帶扯成了死結。

「割斷，快割斷……」慕容璟和已經急得沒心思罵人了。

「你再忍忍，就快好……」眉林已摳鬆了結扣，哪裡捨得把腰帶給弄斷，誰想就是這一耽誤，便聽「噗」的一聲，一股濃烈的臭味在空氣中蕩漾開來。

她呆住，而慕容璟和則羞慚地別開了臉。

溪邊的竹林中被耙出一塊空地來，一堆篝火在正中熊熊燃燒著，旁邊橫架著兩根竹竿，晾著洗淨的衣服。

慕容璟和趴在一塊斜立入水中的大石上，除了頭以外，身體其他部位全都沒在冰涼的溪水中。眉林則半身浸於水中，在旁邊給他清洗掉身上的汙穢之物。

兩人誰也沒說話，一個因為難堪，一個則是微感愧疚。

眉林知道如果不是自己給他亂塞藥草，又拒絕剪斷腰帶，也許就不會發生這樣讓人尷尬的事。對於一個大男人來說，尤其還是一個地位尊貴的王爺來說，這已不僅僅是有損顏面，而是對自尊的一次極嚴重的傷害。

只是這樣的事，對於全身癱瘓的他來說遲早都會遇上的吧，以後把屎把尿不都還得她來。這麼想著，心中那罕有的良心發現一下子又消失無蹤了。

用大片柔軟的草葉刷洗了背部以及四肢，然後手毫無避忌地幫男人清洗兩臀之間，感覺到手下的身體無法控制地一顫，然後又恢復了平靜，但其中所傳遞出的僵硬卻久久沒有散去。眉林不由得加快了速度，洗完了後面，便將他翻了個身。

不遠處的火光傳遞到溪邊已變成幽暗的弱黃，卻足夠讓人看清慕容璟和閉著眼以及緊咬著已泛出暗色血漬的下唇。由此可知，他是在如何強忍心中的羞恥感。

眉林心中暗暗嘆了口氣，知道自己如果想保命，只怕真要讓他一直癱瘓下去才行。一直沒有睜開眼的男人自然不知道她心中所想，就算知道也許也不會放在心上。

這幾日一直處於逃亡中，難得有機會清洗一番，眉林索性給慕容璟和將頭髮也洗了，把他拖到岸邊乾淨柔軟的枯草上，這才去拿烤著的衣服。

秋夜的風透過濕淋淋的中衣吹到身上，徹骨的寒。她沒有內力禦寒，上下牙齒不由自主地打起架來，因此幾乎是以跑的速度衝到火邊，拽下半乾的衣返回溪邊。隨便用手給他抹了抹身上冰冷的水漬，便將衣服套了上去。

吃力地把人弄回火邊，讓他側躺在厚軟的竹葉上，借火的熱力煨暖那已如冰塊一般的身體，希望他不會因此受寒病倒，那對如今的他們來說無異於雪上加霜。

眉林自己則再次回到水邊，將濕透緊貼於身上的中衣脫下洗過，晾到竹竿上，然後發著抖咬著牙進入溪中，仔細清洗身上的汙垢。

慕容璟和睜開眼時，她已洗罷，正穿著露出大片雪背的藕色繡花肚兜，繫著條薄薄的褻褲坐在火邊處理自己的傷勢。

鋒利的匕首在火上烤過後，果斷地剜去傷口上已腐的血肉，直到鮮血湧出，順著雪白的手臂滑下，烏黑的濕髮垂在身上，有幾綹落於胸前，滴著水。她俐落地敷上嚼碎的草藥，包紮，只除了在剜去腐肉的時候秀眉曾不可察覺地皺了下，整個過程中都顯得過於沉靜。只是這種沉靜在她近乎於妖嬈的衣著映襯下，竟然隱隱流露出一種令人動容的嫵媚。

眉林當然不知道什麼嫵媚不嫵媚，她處理好手臂與腿上的傷，到溪邊洗去身上的血跡，便穿上了已烤乾的衣服，同時換下肚兜和褻褲洗淨晾起，之後才用乾燥的布帶把手掌上的傷口重新包紮過。

一切收拾妥當，正要就地睡下，她突然發現火堆對面的男人全身在微不可察地發著抖，身下的枯葉被髮上的水弄濕了一片也沒聽到他出聲抱怨。沒有多想，她起身走過去將男人挪到一個乾燥的地方，讓他背對著火靠著自己坐著，以便烘烤濕髮以及背部被打濕的衣裳。整個過程中，慕容璟和只在最開始被挪動的時候看了她一眼，之後再沒任何反應。

突然之間，眉林知道一切都將不一樣了。

次日兩人並沒有立即進入石林，連土都含有劇毒的地方，兩個人，一個負傷，一個行動困難，如果不好好準備，那真是與找死無異了。

竹林上方海冬青在不屈不撓地盤旋著，提示著他們，牠的主人隨時可能抵達。

眉林砍了幾棵竹子，剔下上面的枝葉，最粗的地方除了四截做輪子的外，餘下的全部成了裝水的器具。用一臂半長的竹段，削下的枝葉以及長藤，眉林再次做出了一個簡易的小板車。比上次越秦做的要小上一半有餘。

割了厚厚一板車的乾草，足夠兩人吃上幾日的野果以及各種可生食充饑之物，草藥，十多筒水，全部都放在了板車之上。

眉林將拉車的長藤繫在自己的腰上，然後半馱起慕容璟和，在兩日後終於步出了竹林。

踏入空曠的黑色過渡區的時候，她不由得抬頭看了眼仍在上面虎視眈眈緊盯著他們的惡鳥，舔了舔唇，心裡驀然升起一股想將牠烤了的衝動。

沒有雨，秋日的天空高遠而澄藍。慕容玄烈沒有來，這是到目前為止，最幸運的事。

走到近處才發現那些巨石從地面以上足有四、五丈高，方方正正的，粗細不一，如同人工削鑿成。但誰都不會真往人為方面去想，一是因為此地巨石數量絕對不下於數萬，而四周山野並無開鑿痕跡，可以排除就地取材的可能性。再來就是以此地理環境，周邊無大的運河以及承受足夠壓力的道路可運送石料，讓人無法想像要如何完成如此巨大的工作量。因此除了讚嘆大自然的鬼斧神工外，實難做其他猜想。

石與石之間有的互嵌在一起密不透風，有的卻寬敞足夠兩輛馬車並排而過，地面倒平整至極，如同外面一樣全是黑色的沙土，跟焦黑的巨石融為一體，一進石林便覺得整個天都暗了下來似的。

眉林馱著慕容璟和，拖著小板車，從那兩塊如同門戶一樣的巨大石塊中間進入令人聞之色變的火燒場。因為路面平整，不生草木，讓她省了不少力，只是再不敢隨意用手撐著身邊的物體休息。

如此大的石陣，即便沒有任何危險，進去後也很難不迷路，因此眉林準備邊走邊留下記號，卻被慕容璟和阻止了。他沒說理由，但她轉念便想明白了。如果慕容玄烈他們有心追來，所留的記號實在是極好的指路明燈。

慕容璟和除了必要的時候已不太和眉林說話，她讓做什麼就做什麼，只要不觸及他的底線。眉林覺得清靜之餘，竟然有些不習慣起來，她覺得自己有些懷念起那個總是高高在上，會時不時抱怨一下諷刺幾句的慕容璟和了。

骨碌骨碌的竹筒滾動聲時而緊時而緩，伴著沉重而拖沓的腳步聲，在幽暗的石林中顯得異常陰森恐怖。如果這不是自己發出來的話，眉林一定會以為遇到了什麼不乾淨的東西。

慕容璟和沒有指路，她只能依著自己的判斷往峙峰的方向對穿過去。黑石透出森森的寒意，有風穿過其中，發出嗚嗚如人哭泣的聲音，除了有點冷外，石林中的空氣並不讓人討厭。然而走了大半個時辰，眼前的景物卻沒有絲毫的變化，彷彿沒有移動過似的。

眉林覺得有些不妥當，於是找了個背風的地方，準備先休息一下，順便思索眼前的情況。當她一邊要攙著慕容璟和不讓他摔倒，一邊要將車上的枯草鋪到地上隔絕那層有毒的黑土時，才知道自己為了節省時間沒有編出一張竹蓆來是多麼的失策。

最終，她只能讓慕容璟和坐在地上，自己跪在他側面一邊用身體撐著他無力坐直的上半身，一邊將枯草在地上鋪出一塊足夠兩人共躺的地方來。

等將他挪到乾草上躺下，她也累得倒了上去，腦子裡則急速思索著更省力的辦法。可以將乾草紮成束，那樣不僅鋪起來省力，收起來也方便。目光無意識地瞟向天空，而後她倏地坐了起來。

「怎麼可能……」低聲喃語著，她的臉色有些怪異，心中寒氣直冒。

原本澄澈蔚藍的高遠天空不知什麼時候竟然被蒙上了一層灰，似霧非霧，似雲非雲，就在巨石的上空，如同朦朧的混沌一樣，難怪她覺得光線這樣暗呢！

那不是天，眉林知道，但也說不清那究竟是什麼，於是往躺在地上同樣靜靜注視著上方的慕容璟和看去。

「喂……」見他似乎無意和自己說話，她只能主動開口，卻在稱呼上頓了一下，才繼續說，「慕容王爺，這個地方好像不大妥當。」

慕容璟和慢慢轉動眼珠，最後終於落在她身上，「是啊！」

他回答得有氣無力，沒有更多的話。

眉林等了半天，知道無法再從他嘴裡掏出有用的東西，不由得嘆了口氣，又坐下，然後開始將鋪在地上的乾草按之前想的那樣紮成手臂粗的草束。

她是從慕容璟和腳那頭開始的，因此在抬動他的腿的時候，無法避免地注意到了他的鞋尖，因為一直被半拖著走，上面已磨出了洞，露出大腳趾，眼看著套在上面的襪子也快磨破，再這樣下去，他的腳趾就要毫無阻隔地跟地面接觸了。

眉林不得不慶幸自己發現得早，否則什麼時候拖著一個死人走都不知道。她想了想，用匕首在自己的裙襬上割下一塊布，折疊了幾層，墊進他鞋尖，又用布帶將他褲腿衣袖紮緊了。她不敢隨意取他身上的衣服，怕破漏太多，他又動彈不得，身上的皮膚一不小心，就可能與四周的毒石沙土接觸到。他和她不一樣，她可沒把握他中了毒不會死。

等檢查過他身上除了手臉脖頸以外再沒有肌膚露在外面，她這才放心地開始紮乾草。

休息得差不多後，兩人又繼續趕路。

石林中彷彿沒有時間的流失，一直都保持著灰濛濛的狀態，不是很看得清周圍的一切，但也不會完全看不見。

眉林覺得自己走了很久，四周卻還是一成不變的巨石，黑土以及混沌一樣的天空，彷彿永無止境一般。似乎有什麼東西壓在心上，沉甸甸的，讓人快要喘不過氣。幸好仍能感覺到慕容璟和溫熱的呼吸一直平穩而悠緩地撲在頸項上，這讓她感到心安。至少她不是一個人。

咚的一聲，腳上踢到了一樣東西，骨碌碌地滾出去，不像石頭。眉林頓了一下，繼續往前，不料一腳踩到某樣東西上，清脆的斷裂聲在安靜的石林中響起，如同乾燥的樹枝。

眉林不得不停下來。她太清楚那是什麼了。

往後退出一段距離，她鋪好草，安頓好慕容璟和，這才回到剛才經過的地方。

蹲低身，灰暗的光線中可以見到一堆白骨躺在那裡，肋骨已碎，破爛的衣服掛在上面，被風吹得不斷擺動，沒有頭，不用想也知道是剛才眉林那兩腳造成的後果。

眉林仔細看了一下那衣服，爛得已看不出樣式，只能作罷。她起身對著白骨一揖，便要往前走，打算幫他找回頭顱。

「回來。」沒想到慕容璟和竟然在後面喊住她。

眉林怔了下，心中竟莫名地感到一陣喜悅，腳下已自動回轉，「什麼事？」她隔了一段距離問，語氣一如既往的冷淡。

「妳如果走過前面那根石柱，有可能會找不回來。」慕容璟和沒有賣關子，說出自己的猜測。

說這話時，他不帶絲毫感情，就像是在陳述一個事實，讓人不由得猜想如果他不是動不了的話，只怕不會叫住眉林。

「為什麼？」眉林不由得又往回走了幾步。

事實上，她心中對他的話已相信了八成。連她自己也不清楚，這種信任來自何處。

慕容璟和沒有解釋理由，無可無不可地道：「或者，妳可以證實一下。」

眉林的臉上綻出一個大大的笑容，直接走了過去，在他身邊躺下，「睡醒再說吧！」

她打了個呵欠，背靠著他的背，閉上眼。雖然看不出天色，但按身體的疲累程度也可以判斷出，應該已走了一個白天。既然在這裡停下，那就索性養足精神再走。

因為怕生火後會導致沙土中的毒滲進煙火熱氣中，所以她身上雖然有火摺子，卻並沒帶木柴進來。在這樣的地方，只能靠彼此的體溫相煨熬過去，再沒有別的辦法。

幸好他們是兩個人，眉林腦子裡再次冒出這個念頭，唇角剛淡下去的笑又濃了起來。

「那裡有一個死人，應該死了很久，肉都沒有了，只剩白骨。」

慕容璟和沒有應聲，眉林也不在乎，太過疲憊，很快就睡沉了過去。

眉林夢到離開暗廠那天見主人的情景，其實也不是完全一樣。

她跪在有雕花大窗的臥室裡，眼前爐香氤氳，一個人穿著白色的袍子，披著黑色的長髮站在房間的深處，目含深光地看著她。可是無論她怎麼努力，都看不清那人的長相，只隱約覺得應當是一個男人，覺得自己應當知道他是誰。

窗外有人叫她，告訴她該上路了，她就走了出去。

快到門邊的時候，身後突然傳來一陣劇烈的咳嗽，近在耳側。她想那人病得真厲害，應該要治治，於是在腰上掏了幾顆草藥出來，想要送給他，不料看到的卻是一具白森森沒有頭顱的枯骨。

她心中一驚，腳絆上門檻，「撲通」一下就往前撲倒。腳一蹬，眉林從夢中醒來，滿背的冷汗。

耳邊的咳嗽聲仍在繼續，頗有些聲嘶力竭的樣子，卻是慕容璟和。

眉林發現自己不知什麼時候翻了個身，手腳幾乎都纏在了他的身上。興許是太冷了，她想撤，但並沒有放開，反而因為憶及夢裡的情景，莫名地感到一陣恐懼，不自覺又緊了緊手臂。

隨著咳嗽的劇烈，慕容璟和的身體顫抖到有些痙攣。

眉林覺得他有些可憐，便將一手按在他的胸口，一手按在他的背後，輕輕地按揉起來。神思卻仍流連在夢中，有些迷茫，有些懵懂，完全沒有察覺到慕容璟和因為她突如其來的關切動作而僵硬的身體。

那個夢像是將現實混雜切碎揉融在了一起，毫無深究的價值，可是眉林卻無法忽略那由夢境引起的來自心底深處的恐慌。

她從來不知道主人是誰，不只是她，暗廠的其他死士，包括其他部的人，只怕都罕有人知道。那天是她第一次見主人，雖然主人讓她進入內室，她也守規矩地沒敢抬頭亂看，但是她有鼻子，她也不是聾子。

所以她聞到了主人身上帶著的淡雅熏香，也聽到了那聲咳嗽，那聲意外的讓人來不及掩飾聲線的咳嗽。當她聽到的時候，差點兒以為自己再也出不了那個門。

她曾在慕容玄烈身上聞到了那種味道，如今卻在慕容璟和的身上聽到了相似的咳嗽聲，老天真愛跟她開玩笑。

「妳摸夠了吧？」慕容璟和因咳嗽而變得有些沙啞的聲音打斷她的思緒，在寂靜的石林中響起。

眉林一呆，這才發現自己的手勢因為走神而變得極緩慢，像曖昧的摸更勝於按揉。

「放開！」不知是不是因為處境關係，慕容璟和竟然會覺得這樣的姿勢讓他感到些許不自在，聲音不由得轉厲。

眉林回過神，有些尷尬地收回手坐起來。抬頭看了眼天空，她想要確定時間，卻發現不過是徒勞。

「你還睡嗎？」一夢醒來，非但沒有起到絲毫解乏的作用，反而覺得更累了，加上寒氣逼人，實在無法再躺下去。

「不了。」慕容璟和的聲音恢復了平靜，身體卻不由自主地縮了一下，因她的離開而感覺到寒氣無孔不入地浸透本來就不暖的身體，必須努力控制才能讓上下齒牙不打架，「扶我起來。」不知什麼時候開始，他再沒將本王兩個字掛在口中。

對於這細微的改變，眉林並沒注意到。她依言傾身扶起他，讓他靠在自己身上，然後拉過小板車，取下掛在上面裝水的竹筒，餵他喝了兩口，自己才喝，又分吃了一根烤熟的山藥，覺得身體有了些許暖意，這才起身上路。

第八章——潛力

花中此物似西施，芙蓉芍藥皆嫫母。

那具白骨彷彿分界線一樣，越往前走，地面的屍骨越多。或匍匐於地，或背倚巨石，或一人獨臥，或兩人相纏，有的身上鎧甲腐鏽，有的還撐槍而立，甚至還能看到不少馬的屍骨。風一吹，就有匡噹匡噹的撞擊聲傳來，卻讓人捉摸不清來處。

饒是眉林膽大，也被這修羅場一樣的地方給震懾住，心中寒氣直冒。

「難道這裡曾有過戰爭？」她像是自語，又像是在問慕容璟和。

事實上，一側傾倒於地，被風吹得撲撲擺動的破旗，以及滿地的斷刀殘戟都已道出了答案。

慕容璟和頭靠在她的肩上，目光冷靜地看著這一切，沒有應聲。

前行的路因為地上的阻擋物增多而變得不太好走，眉林不得不邊走邊將一些已鏽壞的兵器踢到旁邊，以方便拖小板車過去。至於白骨，如果繞不開，開始她還有耐性鋪了草，把慕容璟和放下，然後恭恭敬敬地往旁邊移。後來擋在路上的白骨越來越多，就折騰不起了，只能用腳比較溫和地將其推到一邊。

然而越走她越覺得不安，總覺得那風聲中彷彿夾雜了金戈交擊人馬廝殺的聲音。直到第三次經過插著一桿破旗的地方時，她終於知道出問題了，不得不停下來。

「走不出這塊地。」

慕容璟和留意了一下周邊的環境，淡淡地道：「往回走試試。」

眉林嗯了聲，正要轉身，像是想到什麼，又停了下來。她掏出匕首，在一旁的石壁上畫了個箭頭，然後才走。

毫無意外的，半個時辰後，他們又回到了原地。眉林有些不甘，於是選了另一條沒走過的岔道，人走得筋疲力盡，結果卻絲毫沒改變。

慕容璟和嘆了口氣，「就地休息吧！」

兩人都不是膽小之輩，到了這個時候，心中倒沒了什麼顧忌。眉林依言從白骨中清理出一塊空地來，鋪了草放下慕容璟和之後，便去撿那些已鏽敗的兵器。

收集了一堆兵器，又取了那桿旗，她才在乾草上坐下。給慕容璟和調整了一下姿勢，本來想讓他靠著她的肩坐著，但他說頭難受，於是只能讓他枕在她沒受傷的那條腿上躺著。其實靠了一天，她的肩膀也有些吃不消了。

安頓好一切後，眉林這才拿起那桿旗，拼拼湊湊出一張不太完整的繡著黃色饕餮的黑旗。她不太明白朝廷軍隊的事，看不出這旗代表什麼意思。還沒詢問，躺著的慕容璟和已經冷哼出聲，「貪婪的胡族人。」

「胡族人是什麼人？」眉林忍不住問。

慕容璟和看了她一眼，目光中隱約流露出鄙視的意思，「胡族都不知道，妳到底是不是大炎人？」

「我……」眉林不由得結巴了一下，然後理直氣壯地道：「我是西燕人。」

慕容璟和的眼神一瞬間變得極其古怪，忍了忍，還是沒忍住，脫口道：「那說句西燕話來聽聽。」

眉林大窘，不理他，開始去拿那些兵器來看。

「胡族是前朝的王族。」慕容璟和解釋起來，「對於這片土地來說，他們其實是外族。後來因為貪婪失德，導致民不聊生，被我慕容先祖趕了出去。」

「這上面有字。」眉林摸著一把只剩下半截的馬刀刀柄，湊到近前，卻發現是一個不認識的圖案，不得不遞到慕容璟和眼前，「可能是字……」

慕容璟和瞥了一眼，神色微動，如果不是動不了，只怕已坐了起來。

「御，胡族王族侍衛才能佩戴的兵器。」話落，他示意眉林繼續看其他的。

眉林又拿了兩把，都是同樣的標記，當挑到一桿槍的時候，才出現不一樣的刻字。

「這個我認識。」她一掃之前的頹喪，幾乎是帶著些許驚喜地道：「兵道。」

慕容璟和「啊」的一聲，垂在旁邊的手指微動，竟是沉不住氣了，催道：「快給我看看。」

眉林遞了過去。

灰濛濛的光線下，可以看見在槍尖的脊上明明白白地刻著兩個大炎字，雖然有些鏽跡，卻仍能辨別出來，正是眉林所說的「兵道」二字。

慕容璟和臉上浮起尊敬仰慕的神色，定定地看了許久，才長長地吐出一口氣，讓眉林拿開。他沒有說話，似乎陷入了沉思當中。

眉林沒有打擾他，獨自將剩下的兵器都看了一遍，沒再發現其他標記。很顯然，這兩種標記代表著的是兩派勢力，而且大有可能是敵對的。

「兵道這兩個字是本朝開國八大將軍王之首的藏中王所用。」慕容璟和的聲音突然響起，沒有了之前的有精無神，顯得很鄭重。由此可以看出，他對那個藏中王是發自內心的崇敬，「藏中王用兵如神，這大炎有半壁江山是靠他打下來的。兵道，兵道……兵者，詭道也……」說到這裡，他搖了搖頭，笑自己竟然和一個女人談論這行軍打仗之事，於是停了下來。

眉林確實對那個藏中王以及什麼用兵的事一點也不感興趣，但看他說得興致勃勃，也就沒打擾。他不再說了，她正樂得談論其他問題。

「你的意思是說，藏中王一系的兵將都是用這種兵器？」

慕容璟和微微搖頭，「只有藏中王帳下的才用，他的後嗣以及其繼承人為了尊重他獨一無二的地位，均去兵改藏。」

藏道——想到這兩個代表大炎朝最強武力的字，他不由得半瞇了眼，其中閃爍著讓人看不懂的光芒。

眉林的心思都放在了他的話上，沒有注意到。

「那這麼說來，這些屍骨是數百年前留下來的。」她喃喃道，腦子裡浮起當年那些將士威風凜凜的樣子，再看看這遍地的白骨，一股說不出的感覺油然而生。

「至少三百二十四年。」慕容璟和說著，情緒有些興奮，顯然沒和她想到一處去，「當年藏中王突然失蹤，眾人皆道他是功成身退，悄然歸隱，莫不是來了此地？」

聽到他的猜測，眉林臉色一下子變了。如果那個藏中王真如他所說的那麼厲害，也被此地所困，那麼他們能出去的可能性只怕更是微乎其微。

「我們……是不是出不去了？」

慕容璟和從對往事的追憶中回過神來，「也許。」

聽到他這樣一說，眉林的心反而神奇地一下子穩住了。倒不是看開，只是兩人素來不對盤，對於他的話她總是會不由自主地從相反的方面來體會。如果他信誓旦旦地說絕對能出去，她或許反而要惶恐了。

「那也好，咱們不如就在這裡做一對短命夫妻。」她笑吟吟地道，一邊將他的頭挪到較高的那邊草上，一邊準備躺下休息。

慕容璟和聞言先是一呆，而後怒了，「誰要跟妳做夫妻！」

見他又有了些許以前的神氣，眉林在心中暗暗鬆了一口氣，臉上卻做出驚訝的表情，「難道不是你傾慕著本姑娘，才會死皮賴臉地扒著本姑娘不放？不然怎麼不纏著越秦那小傢伙去？」

慕容璟和哼了一聲，看出她在故意挑起自己的怒氣，索性闔上眼懶得再理會。

事實上他們心中都清楚，雖然越秦心地善良，沒受傷，力氣還不小，怎麼看都像能助他逃離的最佳選擇對象。但事實上，論應變和野外求生的能力，卻是大大及不上眉林。加上一個是戰俘，一個是曾經相處過一段時間的名義上屬於他的女人，如果被人追上，自然是跟後者在一起更不容易讓人找到破綻。如果跟前者在一起，鬧個不好不僅無法脫身，只怕還要被扣上一個通敵叛國的罪名。

眉林覺得兩人真像互換了角色，以前都是他挑釁，自己極少理會，如今則是完全反了過來。想到此，她覺得自己真是無聊，搖了搖頭，一下子也沒了開口的興致。

四周再次安靜下來，偶爾隨風傳來一兩聲匡噹匡噹的響聲。慕容璟和感到一雙手從背後摟了上來，如同上一夜那樣，為他抵去了不少寒意。他並不習慣這樣的姿勢，甚至是從來不曾允許別人這樣做的，但此時卻只能睜開眼靜靜地看著那雙扣在他胸口的素手。

那雙手上早已佈滿了大大小小的傷口，其中一隻還裹著布帶，除了從外形上仍能看出些許最初的秀雅外，幾乎已可以用慘不忍睹來形容。但就是這樣一雙手帶著他翻山越嶺，幾乎是完好無損地來到此地。

雖然在選擇她的時候，他曾因一夜加半天的暗中觀察相信她能做到，但當她真正做到之時，他卻又不由得驚訝她骨子裡所蘊藏著的堅強和力量。

他不禁想起那日牧野落梅說她想知道一個不會武功的人，要怎麼樣在危機四伏的狀況下生存，想利用此對士兵進行針對性的訓練。也許她真該跟著身後這個女人一起逃亡，而不是追捕，那樣她就會知道在死亡面前，一個人能爆發出多大的潛力了。

想到牧野落梅，想到那日她憤怒地離去，他心中難以避免地升起無法言喻的疲憊和失望。如果有一日他被父皇或者兄長推上斷頭臺，她必會以死相諫，但是面對一個全身癱瘓的廢人，他沒有絲毫把握她能夠忍受。以他對她的瞭解，只怕她寧可他死了，也不要他如此狼狽地活著。

狼狽……那日的狼狽再次浮上腦海，讓他的臉不由得一陣發燙，貼在背後的女人柔軟的身體和沉沉的呼吸一下子明顯起來，他的手不由得慢慢收緊。

就在此時，一陣如同老鼠一樣的窸窣聲突然響起，在陣陣鬼嚎般的風聲中顯得異常明顯。

慕容璟和心中一凜，紛亂的思緒瞬間斂去，就在那聲音越來越近的時候，他迅速地闔上眼，只留下一線微縫。

有碎石滾落面前的地上，又等了片刻，一個佝僂的人影閃閃躲躲地出現在了青濛濛的光線中。

✣ ✣ ✣

眉林覺得很苦惱，她想不明白，不就是睡了一覺，醒來怎麼什麼東西都沒了，只剩下一塊空蕩蕩的竹板？

「你說是人幹的還是鬼幹的？」她問慕容璟和，所問的內容已有精神錯亂的趨勢。

慕容璟和搖頭不語。

「你不是一向很警醒嗎？」

倒不是不相信他，只是覺得怪異。

慕容璟和看向她，眼裡沒有任何情緒，心中卻掀起了驚濤駭浪。

她知道！她竟然知道自己不容易入眠的事！他為了掩飾這一點，甚至會刻意讓陪侍的女人留宿，但從來沒讓人察覺過。就算是這幾日形影不離的相處，他也儘量表現得和常人一樣，她是怎麼知道的？

眉林沒指望從他口中再得到什麼回答，頗為無奈地道：「這樣下去，只怕我們真要留在此地了。」雖是這樣說，她卻開始收拾身下仍帶著熱氣的乾草束，然後把慕容璟和放上了竹板車。

「這一下你可舒服了。」她一邊苦笑，一邊用藤子將他的上半身固定好，以防在拖動的過程中滑落地上。

她說得倒是沒錯，因為身下鋪著厚厚的枯草，雖然車比較短，使得腿不得不拖在地上，但相比起被她一瘸一拐地馱著，不時還要往下滑上幾滑，確實舒服了許多。

慕容璟和注意觀察她的神色，發現除了最開始的震驚以外，她又恢復了一貫的從容，不由得佩服起她強大的心理承受力來。

「我耳朵疼，妳給我看看怎麼了？」他突然開口。

眉林一怔，心中有些奇怪，卻仍然問道：「哪邊？」

「右邊。」

因為光線不好，眉林一邊伸手摸向他的右耳，一邊不得不彎下身子，湊近了去看。就在離他的臉還有一段距離的時候，已看清他右耳完好無恙，正想開口，突然發現他嘴唇微動，似乎想要說些什麼，心中恍然，忙又放低了一些，幾乎是將耳朵貼到了他唇邊。從旁邊看去，卻像是她正在給他仔細檢查耳朵。

「有人跟著我們。」慕容璟和聲如蚊蚋，如果不是眉林靠得近，只怕已被風聲完全遮去了，「我只看到一個人，他手中有一把馬刀，還有一副弓箭。」

眉林想問是不是他偷走了他們的東西，但還沒發出聲，便被慕容璟和一個眼色給止住了。

「怎麼樣，是不是傷了？」說話音量已恢復如常。

眉林看他好像不準備再說別的，於是直起身，語帶譏諷地道：「不過蹭破了點皮，值得這樣大驚小怪的嗎？昨晚丟了那麼多東西，你怎麼沒感覺到？」

她將藤索拉過胸前，拖著往前走，因為少了很多東西，又省下不少力，速度快了許多。

「妳不也睡得像死豬一樣，好意思說我！」慕容璟和一分不讓地反刺回去，見她又往前方走，不由得嚷嚷，「昨天從那裡就沒走出去，今天還走同一條道，妳比豬還豬。」

眉林哼了一聲，沒理他，繼續往前，她嚴重懷疑他這是趁機發洩之前對自己的不滿，但她也不生氣，笑咪咪地回擊，「笨蛋，你是我的男人，我是豬，你不是豬夫？」

慕容璟和想反駁，但事實上她確實可以算得上是自己的女人，不管處於什麼樣的地位，他都是連著自己一併給罵了進去。

然而，他還沒安靜一會兒，又嚷嚷起來，「喂，女人，都躺了一晚了，妳還讓我這樣躺著，是存心讓我不好過吧？」

「就你事多。」眉林沒好氣，但仍然放下藤索走了過去，將他從竹板車上解開，然後扶著站了起來。

慕容璟和站立不穩，倒在她身上，在唇蹭過她耳畔的時候快速地道：「他在左邊第三塊石的後面，沒看見有其他人。」因為特別留意，所以立刻發覺了另外一個人的存在。

眉林低低嗯了聲，一隻手攬緊他腰，另一隻手則攫緊了懷中的匕首。

「站都站不穩，你還能再沒用點嗎？」她開始破口大罵，「真不知我上輩子造了什麼孽，要被你這個男人拖累……唔，疼……鬆嘴，快鬆嘴……」她正罵得興起，不料被貼在肩膀上的慕容璟和一口咬住耳朵，立即僵著身子求饒。

同一時間，一陣金屬刮刺的聲音傳進他們耳中，兩人交換了一個眼神，眉林感覺到體內血液流速開始加快。

「繼續罵。」慕容璟和低聲道，他察覺到了異樣。

那個人在昨晚兩人睡著的時候都沒把他們怎麼樣，為什麼今天反而沉不住氣？是跟他們互相譏諷的話有關，還是被兩人的親昵舉動刺激到？無論如何，讓一個摸不著根底的人躲在暗處，對他們都極為不利，因此只能冒險將其激出。

眉林呆了呆，罵……罵什麼呢？剛剛被他一咬，啥都忘光了，一時竟想不起要怎麼接下去。

「笨女人。」只需要看一眼，慕容璟和便知道是怎麼回事了，不由得無奈地嘆口氣，突然低頭吻上她的唇角。

眉林一驚，反射性地看向他，他的唇順勢滑過去，密密地封住她的唇，耳朵同時豎了起來，捕捉那人的反應。

風呼嘯著，能將一切細微的聲音湮沒，那個人彷彿一下子消失了般，再沒發出任何聲響。

不是因為這個！慕容璟和眸光一轉，臉上浮起輕浮的笑，在離開那柔軟的唇時還不捨地吭了一下，「給妳一個機會發洩不滿。」然後他驀地提高音量，「我看妳這壞女人巴不得我早死，好去找妳那姘頭，我偏不如妳願！妳給我記好了，現在妳還是我的女人，我想怎麼著就……」

啪！一聲脆響將他剩下的話給打沒了，眉林一把將他推摔在板車上，卻在他的手差點兒滑落在地時抬腿不著痕跡地一擋，然後便是一陣亂踢。

「你當你還是那個威風八面的王爺嗎？也不看看現在是什麼德性，除了我還有誰來管你……」她怒顏大罵，一副恨不得要地上男人死的樣子。

「咳咳咳……妳打吧打吧，打死我妳也走不出這裡……」慕容璟和蜷縮在板車上，臉隱在暗處，語氣雖然憤怒而羞恥，臉上卻沒有絲毫表情。

「我呸！你以為沒了你，本姑娘就活不了？」眉林惡狠狠地道，說著還踹了他臀部一腳，然後倏地拔出匕首，「那咱們就試試，看沒了你，我走不走得出去？」

匕首森冷的光在暗灰色的光線中一閃，就往慕容璟和的胸口刺去。

慕容璟和長眸微瞇，幾乎要以為她真的想殺自己。如果不是那金屬的刮刺聲再次響起，而且比之前那聲還要明顯還要悠長的話。

「老子殺了妳這個惡婦……」一道嘶啞的聲音突然插了進來，然後是跌跌撞撞的奔跑聲。

眉林一腳將板車蹬得遠了些，然後回轉身，看向那個舉著刀向自己衝來的佝僂身影。她雖然沒了內力，但眼力還在，招式也還在。如果遇上高手當然沒什麼可說，但眼前這個人無論握刀的姿勢還是奔跑的速度都實實在在地告訴她，那不過是一個普通人，頂多身上多了一點普通人所沒有的殺氣和死氣。而這兩樣，是她所不懼的。

「哪裡來的怪物！」她譏嘲，企圖將那人的怒氣挑得更高。

慕容璟和緩緩地將頭從陰影裡伸了出來，冷靜地打量著那個人，以判斷眉林的勝算。

那個人乍一眼看上去又矮又駝，但實際上骨架很大，如果挺直了腰，與自己不相上下。身上的衣服已經成了一片一片的，鬚髮糾結成縷，將臉掩蓋，看上去只怕在這裡待了不少時日。

步伐沉重，顯然未具內功。出刀的姿勢毫無章法，也就是不會武功。這樣的一個人怎麼會在這裡？又是怎麼存活下去的？該死的女人剛剛下手一點也不留情，等事情解決了，他要怎麼向她討回來呢？她的嘴上還有山葡萄的味道，嘖，肚子好像有點餓了……看出眉林的危險不大，他的思維開始往別的地方躥了。

眉林要是知道他在想這些，只怕會後悔剛剛下手該更重一些，不過這時她卻沒辦法分心。來人雖然好像不懂武功，但那把馬刀卻不是唬人的，如果被砍到，肯定要吃苦頭。又或者是被他發現了兩人的詭計，轉身跑了，要再引他出來，恐怕就難了。

好在那人被她的話給刺激得失去了理智，那把刀沒頭沒腦地就劈了過來，毫無退縮的意思。

眉林目光一凝，就在那刀將要劈及面門的時候，腰身一扭，人已閃到側面，手中匕首同時上挑，在要劃中那人的手腕時突然換了姿勢，曲肘撞在他的心窩。

她左肩傷勢未癒，使出的力道有限，但仍讓男人躬了身子。接著匕首一個漂亮的反轉，輕輕鬆鬆地橫在了他的喉嚨上，「把刀扔了。」

男人身上傳過來陣陣腐屍和死亡的臭味，令人欲嘔，她卻連眉頭也沒皺一下。

男人頹喪地垮下肩，隱藏在亂髮下的雙眼閃過不知所措的神色。

匡噹！馬刀落在了地上。

最終，男人的雙手被板車上的藤索反縛在背後，不甘不願地拉著竹板車和上面的慕容璟和一步一拖地往前走。

他不肯說自己是什麼人，眉林懶得逼問，索性就叫他屍鬼，實在是因為被他身上那股惡臭熏得狠了。

奇怪的是，明明是同樣的路，屍鬼七轉八拐之後，眼前的景物竟然一下子就有了變化，前後連半個時辰都沒花到。雖然還是一根根聳立的巨石，但路上卻再見不到一根白骨。

眉林眼睛一亮，以為出林有望，哪知幻想很快就被打破了。

第九章 — 鬼域

一輪月影漲幽香，碧玉釵頭白玉妝。

她看到了一個窩棚，一個由白色骨架密密堆砌而成，表面搭著布塊的窩棚。窩棚被一件布袍子隨意隔成兩個空間，一間裡面鋪著厚厚的一層碎骨和爛布，另一間則吊著幾塊風乾的肉塊，還有其他各種各樣的雜物，包括他們帶進來的食物和水以及草藥，亂七八糟的竟然堆了小半屋。

很顯然，這裡就是屍鬼的住處。

眉林二話不說，闖進放雜物那間，拿起竹筒拔開塞子就灌了一口，然後走出來餵慕容璟和。

「你想吃什麼？」她自然是指屋裡所有的東西。

慕容璟和搖頭，臉色很難看，喉結滾動了一下，語氣艱澀地道：「扶我坐起來。」

眉林不知道他想幹什麼，依言而行，不料剛把他弄起來，還沒坐穩，他就一頭栽進她懷裡，然後大口大口地呼吸，彷彿憋了很久的樣子。

眉林恍然大悟，敢情也是被熏著了。雖然知道他沒抱邪念，但被那灼熱的氣息穿透衣衫熨潤在肌膚上的感覺仍讓她覺得有些不自在，不免又想起之前那讓她措手不及的吻。

努力平復有增快勢頭的心跳，她本想推開他，卻一眼看到已轉過身正滿臉迷茫地看著他們的屍鬼，似乎不明白開始還喊打喊殺的兩人這會兒怎麼又這麼好了？於是強忍下了那股衝動。

「你送我們出去，那些東西全留給你。」她溫柔地摸著慕容璟和的頭，對屍鬼說。

屍鬼看看她，又看看撒嬌一樣賴著她的慕容璟和，似乎明白了什麼，眼中濃烈的憤怒與痛恨消去了不少。

「你們……剛才是想……引我出來？」他問，與之前怒髮衝冠時順溜的語速比起來，顯得生硬而遲緩，像是久未與人交談一樣。

眉林含笑不語，算是默認，而慕容璟和的呼吸也漸漸平靜下來，兩人這會兒看上去就像一對恩愛的夫妻一樣。

屍鬼咧嘴，扯出一抹僵硬的笑，就地蹲了下來，「出不去……出不去的……」他將臉埋在膝蓋上，悶悶地道，聲音像嗚咽，「進了這裡的人，都別想出去……他們出不去……你們也出不去……」

慕容璟和覺得自己終於能壓下那股想要嘔吐的欲望了，側轉臉看向他，「你在這裡住了多久？」

屍鬼像是被問住了，滿含絕望的喃喃聲停住，好一會兒才抬起頭，「現在是哪一年？」

眉林聽他問的是哪一年，而不是什麼日子，心瞬間涼了大半。

「昭明三十二年八月……嗯……幾日？」慕容璟和應著，後面兩個字是問眉林的。

誰還有心思去記日子啊！眉林搖頭，這才發現兩人還維持著那種曖昧姿勢，忙將他推開點，自己也坐了下來，在旁邊撐住他。

「昭明三十二年……三十二年啊……呵呵……」屍鬼呆了呆，訥訥地重複了兩句，便一個人哀哀笑了起來，那聲音如冤鬼夜泣，讓人既心酸又心寒。

眉林將身子往慕容璟和背後縮了縮，仍然覺得有些受不了，不由得輕咳了一聲，悄悄戳了戳慕容璟和，示意他趕緊說點什麼。

慕容璟和沒有理她，直到覺得對方發洩得差不多了，才開口重複前一個問題，「你在這裡很久了？」

「八年……八年……」屍鬼顫抖著抬起頭，兩眼通紅，眼神呆滯。

慕容璟和倒抽一口冷氣，但立即為這個舉動後悔不已，他扭轉頭一陣乾嘔，直到眉林將他的頭按到自己肩上，才停止下來。

因為一直在山林中逃亡，眉林身上沾染了松竹以及草葉的香味，對抵抗腐臭味有極佳的效果。

「你也出不去？」眉林有些懷疑。在這樣的地方待八年，如果出不去，食物和水從何而來？

「別……別問了。」不等屍鬼回答，慕容璟和已經閉上眼，微微喘息地阻止。

「為什麼？」眉林有些意外。

「還不夠明顯嗎？」慕容璟和剛說完這句，胃裡又是一陣翻騰，忙閉緊嘴。

這個女人有的時候很精明，有的時候卻遲鈍到極點。

眉林微怔，看了眼佝僂成一團的屍鬼，然後再轉向他的白骨棚屋，目光最終定在那幾塊掛在棚頂上的乾肉。一種無法言說的感覺湧塞胸臆，讓她心情一下子變得有些沉重，浮躁的心緒也因此而沉澱了下來。

她對那瑟瑟發抖，低垂著頭彷彿想要隔絕外界一切厭惡和異樣眼光的男人道：「如果我是你，也會做同樣的事。」

在屍鬼因為她的話而身體微顫，緩緩抬起頭的同時，慕容璟和也因她的話而變得有些僵硬。但是他對此什麼也沒說，而是轉過頭看向屍鬼。

「如果想出去，就把你所知道的一切都說出來。」

外人只道火燒場是鬼域，人蹤絕跡，卻不知每年總有那麼幾個不怕死的往裡闖，然後再也回不去。

那一年正是炎炎六月，屍鬼家裡來了三個人，讓他到鍾山走一趟。那是一單大生意，要送十二個人回雲嶺，給的酬金自然不少。對於火燒場他也是聽說過的，一來覺得太凶險，二來就是此事蹊蹺，因此並不想接。但家中惡婦卻為此而吵鬧不休，搞得雞犬不寧，甚至半夜將他和年邁的父母趕出門，揚言做不成這單生意他們就別想再踏進家門，他無奈只能接下。

他並不是獨自一人去的，那三個人也一起上了山，因為他們並不確定那十二個人是否真的都不在了？

在進入火燒場前，他們帶了五天的食物和水，覺得怎麼也夠在裡面轉幾個來回了。有前車之鑒，誰也不敢馬虎大意，自進入石林起便開始做記號，但仍然迷失在了裡面。在到了眉林他們停下的那個地方時，他們終於找到了他們要找的人，但也再無法繞出那裡。那十二個人，早變成了十二具殘缺不全的屍體。因為該地陰涼，陽光無法透入，屍體還沒開始腐爛，從上面可以看出互相殘殺啃咬的痕跡。那一幕給四人造成了很大的衝擊，恐懼和絕望的種子在那一刻埋下，然後在隨後的幾日內逐漸膨脹發芽。

到了第三日的時候，終於有一個人發了狂，抽出帶在身上的刀。屍鬼只會點拳腳功夫，與內外兼修的武林人士相比根本不夠看，因此在其他兩人合力壓制那人的時候，便悄悄躲了起來。他知道跟他們在一起，也許還沒餓死，就先死在他們刀下了，因此就算之後那發狂的人平靜下來，他也沒再出去。

那三個人找他的時候，他就繞著巨石躲藏，誰想竟讓他糊裡糊塗地繞出了那裡。更讓他覺得奇怪的是，他發現站在那塊地域外的他與他們相距並不遠，可以看到他們的一舉一動，他們卻完全感覺不到他的存在。

不過以後無論他怎麼走，也再走不出後來所到的這個地方。那三個人沒有等到食物和水告罄，便先被巨大的恐懼和陰鬱的環境折磨瘋了。

等他們死後，他過去收起他們剩下的食物和水，又花費了很久的功夫，才憑著不是很清晰的記憶走出那裡。這八年來，他按照之前的方式，採用不同的線路繞著石柱走了不知多少遍，卻始終走不出去。這期間又來了無數批人，他就像看一幕幕戲一樣，看著他們用著各種各樣的方式死在他眼前，看著他們面對死亡時所暴露出的最真實的一面。很多時候，為了珍貴的血液，他也會在他們奄奄一息的時候，助他們一臂之力。

即便是以眉林的生冷不忌，在聽完他的述說也不由得嚥了口唾沫，一股反胃感直湧喉口，手無意識地抱緊了靠著自己的慕容璟和。

他沒說這八年他是怎麼過下來的，他們也不想問。

「你是趕屍匠。」她是陳述，不是詢問。只怕也只有這個特殊的職業，才能讓他承受如此大的心理壓力，在這陰暗不見天日的地方住上八年而不瘋狂。她自問做不到，只是疑惑他自言懂一些拳腳功夫，為何出手時卻毫無章法？

屍鬼垂下頭，默認。

慕容璟和反倒比開始好，在屍鬼述說經歷的時候已鎮定下來，此時神色從容，讓人看不出他在想些什麼。

「你昨夜不殺我們，是想等我們餓得動彈不能，再來給我們放血吧？」他淡淡地指出屍鬼的心思，畢竟以其如今的體力，肯定沒把握一下子將兩人都解決掉。就算能，在這之前，只怕他們的血也流得差不多了。那對沒有任何水源的此地來說，無疑是一個巨大的浪費。

屍鬼哆嗦地又蜷成一團，隱在髮絲下的眼中有著被看透的驚訝和恐懼，但也沒否認。

慕容璟和點了點頭，接著道：「你去吃點東西，然後再帶我們走幾圈。」

屍鬼小心翼翼地看了他半晌，確定他沒發怒的徵兆，才慢慢地伸直身體，站起來。

「我今天……吃過了。」食物有限，他一天只吃一頓，一頓只吃三分飽，大多時間都處於飢餓狀態。

慕容璟和當然不知道他的進食情況，但看他連站起都有些顫抖的身體，想了想，示意眉林給他把藤索解開，然後再由她馱著自己跟在後面。

屍鬼先是有些意外，接著便露出感激的神色，在走的過程中不時想要幫助眉林馱慕容璟和，但都被他拒絕了。

有人引路，走起來自然快了許多。他們回到了之前像是被鬼打牆的地方，再按屍鬼的路線走出來，然後又在屍鬼住的地方轉了兩圈，直到眉林快要支撐不住才作罷。

「這是一個天然的連環陣。」坐在竹板車上，沉思半晌，慕容璟和唇角浮起一抹淺笑，眼中露出從未見過的奇異光彩。

原本因為他的沉默而噤聲不語的兩人，聞言不由得精神一振，目帶希冀地看向他。

慕容璟和示意眉林拿一根棍子來，眉林看了眼空蕩蕩的四周。不做多想，正準備拔出匕首切下竹板上的一根竹枝，一根白森森的圓棍遞到了她的面前。她唇角微抽，但很快便恢復如常，笑著道了謝，然後就拿著那根光滑如玉的小臂骨，按慕容璟和的指示在黑沙地上畫起圖來。

屍鬼見沒被嫌棄，臉上立即露出歡喜的神色。

一個由圓圈組成的奇怪圖形漸漸出現在黑色的沙地上，一眼看去雜亂無章，但若仔細研究，又能隱隱感覺到其中似乎含著某種規律。

「這是我們之前被困地方的巨石布局。」慕容璟和簡單地解釋完，然後讓眉林從中間往右數到第三塊再折往上，在第四和第五塊的中間標出生門。而在生門之外，則是死門，「死為生之始，生乃死之托，生死往復，迴圈無蹤，這是一個簡單的迷蹤陣。」

之前繞了那麼久都沒發現，是因事出突然，根本沒往陣局這方面去想。

「能出去嗎？」眉林只關心這個，至於那個什麼生啊死的，在這種時候這種地點，實在沒有什麼閒情逸致去探討。

慕容璟和點頭，臉上卻沒絲毫喜悅之色。

當三人站在石林的出口，看著陽光與蔥蔥郁郁的竹林時，眉林終於知道慕容璟和為什麼高興不起來了。他們根本就是從此處進的石林，現在不過是原路返回而已。果真是生生死死、死死生生啊！

三人中唯一高興的要數屍鬼了，整整八年未見天日，雖然眼睛有些受不了日光，但那渾身上下散發出的喜悅已足夠讓另外兩人感受到。這種情緒很容易感染人，加上終於離開了那個陰暗的地方，兩人的心情多多少少也好了些。

頭頂上的海冬青已經不在，大抵是因為失去了他們的蹤跡，又或者是慕容玄烈等人得知他們進了石林，決定不再追蹤，所以召喚了回去。

三人進入竹林，在溪水邊歇下來。四周翠竹搖曳，風中有野菊和松竹的香味，還有飛散的草籽以及植物種子，陽光穿過枝葉落在身上、地上，一切都充滿了活力和生機。與石林中的腐臭陰鬱比起來，簡直是一個如天上，一個似黃泉。別說屍鬼，便是慕容璟和兩人，竟也生出原來這世間如此美好的感覺。

屍鬼大概也知道自己身上有著極難聞的氣味，因此始終離得兩人遠遠的，然後一個不注意便跑得不見蹤影了。

兩人也不介意，知道留下他也沒用處。眉林用幾張寬葉片疊在一起，彎成錐狀，給慕容璟和盛了幾次水喝，又把手絹打濕給他擦拭完臉和手，自己也大略清洗後，方才考慮去找點東西填肚子。

慕容璟和非要跟著去，無論眉林再怎麼保證不會丟下他也沒用，眉林無奈，只能拖著一個「大包袱」四處覓食。

一隻野兔蹲在不遠處的草叢裡，看著兩人來也不跑，一邊繼續啃著草，一邊小心翼翼地觀望著他們的動向，似乎也感覺到行動不便的兩人不具有什麼危險性。

眉林感覺受欺負了，一把抽出懷裡匕首，帶著鞘子就砸了過去。她原本不過是想嚇嚇那小東西，誰想好死不死，竟一下子砸到兔子的腦袋。就見牠「啪」的一下歪倒，就這樣莫名其妙沒了生息。

眉林樂了，連慕容璟和都不由得微微抬起了頭，目光怪異地看著那倒楣的小東西。

眉林拎起肥墩墩的死兔子，半馱著慕容璟和回到溪邊，先撿柴生起火堆，然後蹲到水邊開始扒皮剖肚清理起來。

慕容璟和聞到血腥味，不由得又是一陣反胃，忍不住道：「我不吃這個。」也許會有很長時間，他都無法再進食葷腥之物。

眉林的手仍插在兔子肚子裡面，聞言停住，疑惑地回頭看了他一眼，而後突然反應過來，「噗哧」一聲笑了出來。

「我說你怎麼死活要跟著，原來是在害怕屍鬼轉回來吃了你。」

慕容璟和別開臉不理她，但此舉也無異於默認了她的猜測。

眉林反而不好意思再笑，俐落地收拾好兔子，用細竹串著架在火上後，便就近挖了些竹筍，剝了筍殼，同樣用細竹串了放到火上烤。

秋筍比不上春冬之筍，就這樣無滋無味地烤，自然好吃不到哪裡去，但聊勝於無。

眉林自己也沒什麼胃口，但腹中飢餓，於是也只啃了兩根烤筍，那烤得黃亮噴香的兔子卻是動也未動，於是倒便宜了不知從何處又冒出來的屍鬼。

屍鬼從頭到腳都濕淋淋的，雖然仍披著長長的鬚髮，但卻乾淨了許多，能夠看得到蒼白的膚色了，身上那股濃濁的惡臭也淡了不少。

原來他跑到下游去洗了個澡，連帶地把衣服也洗過，還帶回一大捧野果。

眉林也不客氣，拿起野果就吃，還不忘塞給慕容璟和，絲毫不理會他彆扭的表情。

「你怎麼沒走？」

屍鬼很久沒吃過熱騰騰的熟食，也不怕燙，抱著整隻兔子就啃，直蹭得好不容易洗乾淨的鬍子油亮發光。聽到眉林的問話，眼露不解之色，含糊不清地反問，「走哪兒？」

「自然是你想去哪兒就去哪兒。」她記得他說過他有家，有父母妻室的。離家八年，難道他就不會迫不及待地想要回去嗎？

屍鬼吃東西的動作慢慢地停了下來，有些迷茫，「你們不是抓了我嗎？」

這一回不僅是眉林，連慕容璟和都有些呆住，他們怎麼也想不到這世上還有這麼憨直的人！

「我們還要進石林，你也要跟著我們一起進去？」他就不相信，這個男人還有勇氣再進那個地方。

果然不出所料，屍鬼聞言原本就蒼白的臉變得更加慘白了，握著兔子的手不受控制地顫抖起來。

「你……你們還要……還要回去？」他結結巴巴，不敢置信。

眉林心中打了個突，但卻沒言語。

慕容璟和點頭，眼神堅定。當然要回去，不說他還指望能從石林逃出鍾山，便是那藏中王的事，他也想弄清楚。

屍鬼面色變幻不定，時而恐懼，時而呆滯，就如一張白紙，心裡想什麼都寫得清清楚楚。

眉林突然覺得這個人其實並沒有那麼可怕，反倒直白得有些可愛，正想開口替他解圍，卻被慕容璟和給瞪住了。不知道他葫蘆裡賣什麼藥，她只能暫時忍住。

過了一會兒，就見屍鬼一咬牙，滿臉淒慘，像是做了什麼要他命的決定似的，「我自然要跟你們一起。」說完這句話，他眼睛都紅了，隱約有水光在閃爍。

看到他這模樣，眉林心口莫名一酸，突然想起暗廠。如果是她，打死也不會再回去。

慕容璟和淡淡一笑，似乎很滿意這個答案。

最終，慕容璟和並沒讓屍鬼跟著他們一起入石林，而是讓他拿著自己身上的玉佩到昭京荊北王府，將口信帶給清宴，並留在那裡等自己。

口信內容很簡單——他突然想荊北的那兩個美人了，讓清宴把她們接到昭京。見他沒提自己的處境，也沒說有可能從哪裡出山，眉林便沒阻攔，只是有些弄不清這個人是真好色，還是作戲成癮，都這個樣子了還念念不忘自己的那些女人。

慕容璟和叮囑了兩件事，一是出山時遇到官兵不准拿出玉佩，二就是不見清宴不准說出見過他的話。

然後吃飽的屍鬼就穿著他那身破布塊一樣的衣衫，頂著亂七八糟的鬚髮，帶著滿心對慕容璟和身分的震驚和敬畏走了。

「你不怕他拿著你的玉佩跑了？」眉林一邊準備再次入林需要的東西，一邊問。

屍鬼一走，慕容璟和也不再像之前那樣隨時都非要跟在她身邊。

「他能跑到哪裡去？」無論逃到哪裡，只要拿出他的玉佩，還能有命在嗎？唯一的生路就是乖乖地到昭京找清宴，然後在清宴的眼皮子底下待著，直到他安然無恙地回去。

慕容璟和漫不經心地回答完躺在地上，眼前尺許的距離是一朵指甲蓋大小的藍色小野花，纖細的花莖支撐著脆弱的花盞，在風中瑟瑟地抖動著。那花瓣如薄瓷一樣，脆弱而透明，彷彿輕輕一碰就會碎裂似的。像被觸及什麼記憶，他的目光一下子變得幽遠而迷濛。

眉林看了他一眼，突然覺得在山裡待了這許多天，這個人臉上那份酒色虛浮之氣似乎被淨化了似的，只剩下蒼白的病容，看上去順眼多了。她當然不會將這順眼往有可能是自己心境產生了變化上去想。

微微一思索，她便明白了他心中轉著的念頭。之前的試探便可看出，屍鬼其實是一個憨直得有些傻氣的傢伙，連對他如同噩夢一樣的地方都願硬著頭皮跟著他們回去，斷斷不會半路而逃。慕容璟和必是看中了這一點才讓其去傳信，這樣不僅讓慕容玄烈等知道他還活著，不得不有所顧忌，還送走了一個讓他十分介懷的存在，簡直是一舉兩得。

「真會算計。」她咕噥了一句，沒有再多說。自見面以來，這個人就很會善加利用身邊一切可利用的資源，她早該習慣了。

因為有了之前的經驗，再次入石林的準備做得比較充分，不僅花了些工夫編出一張粗陋的竹蓆，還做了幾支浸了松脂的火把。食物方面，除了野果，還捎了不少燒熟的山藥、野薯等物，不過卻沒弄任何肉食。事實上，不只是慕容璟和，眉林心底深處其實也多少有些介意。

據慕容璟和自己說，他對奇門遁甲以及各類陣法「略有所知」，所以兩人後來穿越石林之行雖不能說一帆風順，但也沒再像前一次那樣被困住。他說這石陣是天然的，不像人為所設那樣可以隨意變動，機關重重，否則他也沒辦法。這種地方想要困住藏中王，顯然還不夠力。

話剛說完，突聽朽木脆裂之聲，眉林腳下一空，直直往下栽去，被她半馱著的慕容璟和自然也不能倖免。在落到中途時，被卡住的竹板車掛住，停了片刻。然朽木承不住兩人一車的重量，碎裂成塊，最終連板車也傾了下去。

這突然冒出來的大坑不算太深，墜落的過程中又緩衝了一下，兩人摔到坑底時並沒受傷，倒是被後來落下的板車以及上面的東西砸得七葷八素，好不容易才緩過勁來。

眉林低咒一聲，狼狽地推開身上的東西爬起來，掏出隨身帶著的火摺子吹燃，粗粗看了下，發現坑地之土並非黑色，這才放心地找了支火把點起來，然後插在稍遠一點的地面上。

解下腰上的藤索，搬開板車，慕容璟和毫無血色的臉出現在她眼中。緊閉的眼，毫無起伏的胸膛……

第十章 — 曖昧

斷崖幾樹深如血，照水晴花暖欲然。

眉林嚇了一跳，慌忙將壓在他身上的一些雜物扒開，小心翼翼地抬高他的上半身，探指在他鼻下試了試，這才稍稍鬆口氣。然後又是掐人中，又是餵水，好不容易才把人弄醒過來。

原來眉林因為被繫在腰間拖板車的藤索阻了一下，慕容璟和便先她一步落了地，她以及後來的板車等物先後落在他身上，不砸得他背過氣才怪。

坑底離地面約有兩個人高，腹大口小，上面還能看到破了個大洞的木板，明顯是用來陷害人的。以兩人現在的狀態想要爬上去，簡直是不可能的事。

眉林拿著火把在坑底轉了一圈，可以看見地面零零碎碎地散落著一些兵器，在角落的位置發現了三具骷髏，一具蜷縮成團，一具抓著坑壁，身體扭成一個怪異的姿勢，只有一具盤膝靠壁而坐，身軀挺得筆直，膝上橫著一把金背雁翎刀。從骨架上來看，此人生前必然極是魁偉高大。三者唯一的相同之處就是，骨黑如墨，詭異至極。

「咳咳咳……扶我過去。」慕容璟和顯然也看到了，忍著胸腔被擠壓後的悶痛道。

眉林將火把插在骷髏旁邊，才回轉身去扶他。

到了近前，慕容璟和只是靜靜地用眼睛打量，阻止了眉林去屍骨上搜索的意圖。好一會兒，他用下巴點著那具坐著的骷髏面前，「地上有字，妳看看。」

眉林凝神看去，並沒發現異常，他卻堅持，她只能將他放到展開的竹蓆上，然後趴到地上去扒拉表面的土層。

坑底表面是一層灰土，顯然是幾百年來沉積下來的，如同那幾具骷髏身上的一樣。眉林只扒了兩下，當真看到下面有被劃過的痕跡，精神不由得一振，動作便麻利了許多。

不一會兒，四個鐵畫銀鉤的字出現在她眼前。那字不過巴掌大小，但蒼勁有力，深入地面數寸，彷彿要將心中所有的憤怒不甘都刻入其中似的。

乾賊害我！

眉林無法明白這幾個字的意思，但卻能感覺到它們所傳達出的滿腔憤恨。她直起身，轉頭看向一直盯著地面的慕容璟和。離得不遠，他自然能看到那四個字。

慕容璟和沉默下來，良久對她道：「妳給他叩三個頭吧！」

眉林傻眼，「為什麼？」

慕容璟和笑了下，但很快又恢復了淡漠，「他是戰神，妳給他叩頭，說不定他肯保佑我們活著出去。」

一番話說得眉林又好氣又好笑，尤其他還是用這樣正經的語氣來說，忍不住反諷道：「你身分尊貴，叩頭的話肯定比我有用……」話還沒說完，立即看到他用看白癡一樣的眼神看她，不由得頓住。

「妳覺得我可以？」

明明是一副病弱的樣子，那神態卻足以氣死人。

眉林回瞪他一眼，站起身，一邊拍自己身上的塵土，一邊道：「他要是能保佑我們出去，自己又為何會困在這裡？」說完，就要繼續去找爬出坑的辦法。

「那妳代我給他叩頭，我欠妳一個情。」慕容璟和突然妥協。

這是相識以來他第一次妥協，倒把眉林嚇得不輕，她幾乎要去摸他的頭，看他是不是被摔壞了腦子，「你是認真的？」

「廢話！」慕容璟和皺眉，顯得有些不耐。

眉林想了想，覺得這是個不錯的條件交換，雖然目前看來他似乎造不成什麼危害，但誰能料到以後的事，她不求名利，只求能平平安安就好。

想到此，她也乾脆，說了聲好，便真的在那具屍體前跪下，咚咚咚叩了三個響頭。沒有讓他保證，也沒立下什麼字據，只因如果他想反悔的話，那些拿在手裡不過是催命符。她賭的，是運氣！

起身時她看了一眼側躺著的男人，見他眼中神色複雜至極，不知又神遊到哪裡去了。感覺到她的目光，他回過神，淡淡道：「總有一天妳不會後悔叩這個頭。」

「那自是最好。」眉林咕噥，準備找出去的路，又突然想起一事，「要不要幫你把他安葬了？」

她認定那個人與他關係頗深，否則以他的身分和傲氣，又怎肯求人代他叩頭？不如好事做到底，讓他把這份情記得更深一點。

誰知慕容璟和不領情，神情冷淡地道：「不必多事。」

眉林討了個沒趣，拿起火把，自己默默地找路去了。

「對面牆角的顏色有些淺。」她這邊不說話了，慕容璟和反倒主動開了口。

眉林還沒走遠，聞言扭頭循著他的目光看過去，在火把黯淡的陰影中，那裡果真與四處的牆壁有些不同。因為位置比較低，她之前根本沒注意到。

心跳微微加快，她不由得深吸了口氣，才快步往那裡走去。

那是塊石頭，半人高，周圍是泥土，難怪顏色不同。近了後，眉林用手一摸，不由得有些失望，但仍不甘地用匕首柄敲了敲，沒想到竟傳來空空的回聲，顯示出那面是空的。剛浮起的失望立即消失無蹤，她開始嘗試用手去推，然而使足了全身的力氣，那石壁仍巋然不動。

眉林不由得洩憤地捶了石壁一拳，結果疼的還是自己。

就在她抱著手氣餒不已的時候，慕容璟和再次發話，「蠢死了，不會用匕首？」

他那把匕首削鐵如泥，他不相信她不知道，否則在與屍鬼對戰的時候，不會將削手腕的動作改成肘擊膻中。她必是知道那一匕首削下去，屍鬼會齊腕斷掉。心軟，是這個女人的弱點。

還不是怕把你的匕首用壞了，眉林心裡嘀咕，但因為急於探知石壁後面是什麼，沒心思跟他鬥嘴，只是悶頭拔出匕首，先試探著從石壁與泥土的交界處插進去。

匕首刃部長約尺許，還沒插盡便有落空之感，她再次精神大振。

慢慢順著石壁的邊沿切割，有石粉簌簌掉落，匕刃卻沒有受到絲毫阻止，很快便削了一圈，用手一推石中，就聽「砰」的一聲，灰塵四濺，撲了她一頭一臉。

她顧不得避開，一邊揮著袖子趕開塵埃，一邊嗆咳著往裡面探看。

一條黑漆漆的通道出現在眼前，因為光線難及，完全看不清有多深。她側身取了插在旁邊的火把往裡面照去，也只照到眼前丈許距離，但已足夠看清倒下的石板下面是鋪得整整齊齊的青磚，有幾塊被石板砸出了裂紋。

對著這完全是人工建造的東西眉林發了好一會兒呆，直到身後的慕容璟和忍耐不住開口詢問，她才回過神，目光怪異地回頭望向他，「你說這石陣是天然生成的，那下面怎麼會有這樣的通道？」

慕容璟和自然是看不到的，但從她話中也聽出了些許蹊蹺，想了想道：「妳另外點一支火把扔進去。」

眉林反應過來，依言而行。丟進深處的火把只在落地那一瞬暗了一下，之後便恢復如常，短時間內看不出會滅的樣子，很顯然通道裡面空氣是流通的。

誰也不知道裡面有多深，眉林不想浪費，就爬進去把那支火把拿出來滅了，順帶燒了幾個交織的蛛網，只留下一支燃燒著，然後回到慕容璟和身邊坐下，把裡面的情況大略說了。

慕容璟和看到她灰頭土臉的樣子，忍不住笑出聲，在她疑惑看過來的時候，忙道：「大概是後來人建造的，也許跟上面的巨石無關。」雖然是這樣說，這一次他卻不再那麼肯定了。

石林是人造的！兩人腦海中同時浮起這個念頭，但隨即被拋開。

慕容璟和是因為不記得史書上有記載過如此浩大的工程，而眉林則是在為那只容一人爬著走的通道發愁。她想不通什麼人會建造這樣整齊的一條通路，卻又不讓人站著走。她更苦惱的是，通道的寬度竹板車完全通不過去的。也就是說，接下來的路程，她不僅要拖慕容璟和，要帶食物和水，還要拿火把。

很顯然，無論對誰來說，這都是一個極其艱巨的任務。

讓眉林覺得很慶幸的是，這幾天下來她的傷口已漸漸癒合，否則只是拖一個慕容璟和都是要人命的事，更遑論還要帶上其他東西。

好吧，就算傷口完全癒合，爬著拖慕容璟和也是一件百般辛苦的事。

「這樣一條路究竟是拿來做什麼的？」眉林趴下，望著遠處被自己插在通道壁縫上的火把，感覺似乎永遠也無法抵達一樣。

她本來想把竹板車改窄一些，誰想一動刀子，不小心把藤索弄成了幾截，導致整個板車都散了架，再也沒辦法用了。因此現在的情況是，她先將火把和其他東西拿到前面，順便將延路的蛛網蟲蟻驅離，然後再轉回來搬慕容璟和，如此反復。

慕容璟和是經脈受損，並不會導致身體消瘦，因此以他修長的體型以及緊實的肌肉，實在是沉到極點。站著倒還罷了，但爬著，無論是背還是抱都不好弄。眉林簡直是一點一點地往前磨的，不僅她累得不得了，慕容璟和也不好受，只是兩人都沒抱怨。

聽到她並不是真想要答案的自言自語，趴在她背上的慕容璟和也不由得看向前面。在火光的深處，黑暗仍在延續著，彷彿永遠也沒有盡頭一樣。低矮的空間，無止盡的黑暗，讓人感到強烈的壓抑。如果不是他和她，又或者說，他們兩人中只剩下一人，處在這樣的地方，只怕用不了多久便會瘋狂。

一股難以言喻的感覺浮上心頭，他突然低下頭，蹭過眉林的耳廓，親了親她的臉，然後就這樣挨著她，不再動彈。

眉林呆了一下，臉「刷」地紅了。一咬牙，她撐起身，繼續往前爬去。也許是太過用力，也許是那突如其來的親昵，她的心跳得飛快。

慕容璟和沒有調侃她發紅的耳朵，她也沒有怒斥他的輕薄。在這樣的地方，在這無論前面還是後面都看不到盡頭的狹小空間裡，他們第一次感到了相互依存的感覺。除了對方，再沒有別人。那些所謂的恩怨情仇，那些曾放在心上最重要的人和物被這條通道遠遠地隔開，遙遠得彷彿是另一個世界的事。

不知是不是因為兩人間多出了一種可稱為曖昧又或者溫馨的氛圍，往前的路似乎不再那麼讓人難以忍受，在氣喘吁吁中偶爾的對話成了眉林很多年後都會笑著回憶的念想。

「那個……戰神就是你曾說過的藏中王？」她問，聲音在通道裡迴蕩，於是越到後面她的聲音放得越小。

「嗯。」慕容璟和應道，看到有汗滑過她的眉角小痣，他忍不住伸舌去舔，就如曾經渴望過的那樣。

眉林的臉更紅了，不由得微微別開，羞嗔道：「你別亂動，沉。」她其實不該害羞的，他們連更親密的事都做過了，沒理由因為他這樣一個小小的動作而羞赧不已。

她急劇的心跳似乎透過兩人相貼的胸背也傳染了慕容璟和，他覺得好像有什麼東西要從胸腔裡跳出來，不由得更貼緊了她。他想，如果他能動，他一定會抱住她，給她自己所能給的所有溫柔。不過這只是一瞬間的事，也只是那瞬間的事。當出了那個詭異的地方之後，他們誰也沒再提起那時的感覺，也許已經忘了，也許只是埋在了心底深處不願去想。

「你是皇子，為何要跪拜他？」甩了甩頭，眉林企圖將自己的注意力從他溫熱的呼吸上面轉開。

慕容璟和沉默了一下，沒有直接回答這個問題，只是有所選擇地說出了自己的猜想。

慕容氏推翻胡族統治的時候，這石林還不是火燒場，也許如同其他地方一樣長滿了茂盛的草木。胡族殘孽躲於此地，藏中王帶人圍剿，在有所犧牲的情況下成功穿越石林，將敵人一網打盡。但螳螂捕蟬黃雀在後，在藏中王得勝出石林之前，也有可能是兩方交戰正酣的時候，有人在石林周邊點燃了劇毒之物，將整個石林燒成一片焦場。藏中王和他的兩個部下跳入敵人挖的深坑中躲避，但終究因毒氣早已入體而不能倖免。

慕容璟和說這只是他的猜測，但眉林知道八九不離十。她想他甚至知道那個在外面放毒焚林的人是誰，又或者是誰指使，知道藏中王所指的乾賊是誰，但他不說，就是不想又或者不能說，所以她不會追問。而事實上，她也並不關心。無論是慕容氏還是胡族，又或者藏中王，都離她太遠了。

她喜歡聽他說話，慢條斯理的，說完一句還會停頓片刻，像是在斟酌什麼該說什麼不該說一樣。她必須承認，當他不再吊兒郎當，不再帶著諷刺又或者高高在上語氣說話的時候，真的讓人沒辦法討厭。

她問他身體究竟出了什麼問題，他以前不肯答，此時竟也老老實實地說了。這個時候她才知道他竟然是經脈寸裂！她突然就沒辦法再接話，她想經脈寸裂，也許比她體內的毒還難醫治。她想自己也許會照顧他一輩子，如果是那樣的話，其實也沒關係，只是不知自己的身體能不能熬那麼久。如果熬不了，他要怎麼辦？她開始發愁。

「妳叫什麼名字？」慕容璟和突然很想知道這個跟自己共患難許久，伶牙俐齒，卻無論多艱難也從沒有真正丟下過自己的女人的名字。以前也許有人在他面前提過，但是他不曾在意。

眉林皺了一下眉，有些介意相處這麼久他竟然還記不得自己的名字，但很快又笑了。

「眉林。」不在乎她的人，知不知道她的名字又有什麼關係？她倒寧願在這樣的時候向他正式介紹自己，「但是我不喜歡眉林，我喜歡春花，喜歡開在二月裡那漫山遍野的春花。」

「眉林……春花……」慕容璟和將兩個名字都念了一遍，然後又笑著連叫了幾遍春花，輕啃眉林的耳朵。

眉林被啃得又癢又酥，忍不住地笑，笑得渾身發軟，「撲通」一下趴在了地上。

一時行一時歇，偶爾說幾句不著邊際的話，原本以為永遠也走不到盡頭的通道就在眉林的一次單獨爬行當中結束了。那樣的突然，讓她甚至有片刻緩不過神來。

她跪爬在那裡，呆呆地看著甬道外那黑漆漆的一片，即便把火把拿出去，除了眼前一條通往下方的石質階梯外，還是什麼也看不到。

還要往下？往下會是什麼？她不敢想。

在周圍巡視了一遍，最後把火把插在穴口的岩石縫中，然後回轉。然而爬到一半的時候，那一點已經變得有些昏暗的火光突然一下子熄滅，四周瞬間陷入一片黑暗中。

眉林僵了下，但並沒倒回去重新把火把點燃，而是繼續往慕容璟和的方向爬去。當摸到那具溫熱的身體的時候，她微微緊繃的心才放鬆下來。

「火把怎麼熄了？」慕容璟和是靠著石壁坐著的，感覺到她摸索的手時，不由問出聲。

在火光完全消失那一刻，莫名的不安瞬間將他籠罩。明知她不會丟下自己獨自離開，但那種無邊無際的黑暗卻由不得他不胡思亂想。

也許是因為黑暗延長了一切感覺，眉林覺得這次比以往任何一次回轉都要累，聽到他詢問的聲音後安下心來，便也不急著走，就靠坐在旁邊石壁上休息。

「大概是有風，吹滅的。」她吐出口氣，覺得眼皮想要打架。

「到出口了？」慕容璟和一聽她的話，便琢磨出了點兒前面的情況。畢竟這甬道前後不相通，又怎麼可能有風？

「嗯……外面可能很大……看不出是什麼樣的地方……只有一條石梯……」大概是放鬆下來，眉林覺得越來越睏倦。

感覺到她的倦意，慕容璟和偏頭，卻因為隔著兩肩，碰不到她的頭，只能用垂在身邊的手抓住她已被割得七七八八的裙襬扯。

「喂，別睡。」如果她睡了，他會覺得只剩下自己一個人，在這樣的黑暗中，會異常難熬。

眉林皺了下眉，身體微微側滑，頭靠在了他的肩上，含糊不清地咕嚕，「讓我……睡一會兒……就一會兒……」

慕容璟和猶豫了下，又拽了拽她的裙襬，不是很情願地道：「那……那妳抱著我。」只有這樣，才能將那種被黑暗吞噬的惶惑驅離。在之前感覺到她回來的時候，他就有這種衝動，只是拉不下面子說。

眉林睏倦得厲害，聞言不耐煩起來，果斷伸手攬住他的腰，身體幾乎滑進了他懷裡，不一會兒便打起了細小的呼嚕。

感覺到她的重量和體溫，慕容璟和的心立即踏實下來，也湧上了睡意，竟難得地睡沉過去。

這一覺睡了多久沒人知道，眉林先醒過來，發現自己壓在慕容璟和身上，兩人不知何時滑倒在了地上，這樣他竟然都沒叫醒她，當真稀奇。

她一動，慕容璟和就醒了過來，就聽他迷迷糊糊地問，「什麼時辰了……」話問完，人也清醒過來，看著眼前一團漆黑，心中有片刻的迷茫。

眉林將他扶坐起來，掏出火摺子吹燃，在微微跳動的火光中彼此對望一眼，等那束亮光如同生機般潤入人的心中，才又摁熄了它。

「也許外面日頭正好。」她說完，把慕容璟和弄上背，開始往出口爬去。

膝上手肘早已磨破結了血痂，此時再次蹭到立即又沁出血來，疼得鑽心。她突然有些後悔停下來休息，如果趁之前疼得麻木的時候一鼓作氣爬出去，就不會多受這份罪了。而最讓人頭疼的，就是這揮之不散的黑暗。

別說是她，便是被她一直背著走的慕容璟和，因為兩條腿一直拖在地上，也早被磨掉一層皮，但他本就受著經脈俱裂之痛，一時也不曾停過，這點小痛反而沒放在心上了。

一番折騰，終於來到通道口，眉林將火把重新點燃了。

黑暗已經濃得快要將人溺斃，再次見到光明，雖然只是影影綽綽的一團，兩人仍然有種被拯救的感覺。

眉林從用外衫打的包袱裡面掏出竹筒，兩人分別喝了水，才開始分吃烤熟的野薯、山藥。分不清時間，只能是累極了就歇，餓極了就吃。

慕容璟和靠在一邊山壁上，一邊艱難地吞嚥著因為冷了而顯得有些噎喉的粉質塊莖，一邊注視著眼前不甚清楚的石階。石階像是在山壁上琢刻出來，窄而陡，不過兩三級後，便隱沒在黑暗中。下面會是什麼，兩側又是什麼，讓人無從捉摸。

這究竟是什麼鬼地方？第一次，他開始疑惑。

若說是胡族當初隱藏之所，在那兵荒馬亂的年代，他們逃命還來不及，又哪裡來的閒工夫用磚鋪這樣一條不實用的通道？或者說，這是在前朝盛世時弄的？只是這通道堵著一頭，既不能用來逃亡，也不能用來查探敵情，實在是不太實用啊！

眉林看他皺著眉頭，只以為是被噎到了，忙遞了水過去。

他也沒拒絕，就著喝了兩口，才道：「妳點另一支火把，下去看看，別走太遠。」頓了下，又叮囑，「小心點。」

眉林也正有此意，如果不把四周情況查探清楚，心中實在沒底。

她給慕容璟和留了一支火把，自己拿著另一支。先看了看兩側，發現石階不過比通道要寬一點，兩邊是陡直的山壁，上面下面都黑糊糊的看不清是什麼情況。伸了伸因為爬動而變得有些僵硬的腿，才慢慢地往下走去。

出乎意料的是，沒走多久竟然就到了底，踩著平整的地面，她抬頭往慕容璟和看去，笑道：「我當多高呢，虛驚一場。」

大概就是八級的臺階，因為比較陡，所以顯得有些高。

慕容璟和坐在通道口，垂眼俯視著她在火把光照下開懷的笑臉，彷彿看到了一朵在春夜寒氣中乍然綻放的迎春花，心口微微一悸，也不由得上揚了唇角。

首次見到他這樣純粹的笑，眉林呆了呆，覺得好像有什麼溫溫軟軟的東西慢慢覆住一直不太暖的心臟。

慕容璟和看著眉林舉著火把往前走去，所過之處，可以看到青磚鋪就的平整道路以及道路兩邊蹲著的鳥頭豹身石獸，火把往旁邊照去，石獸以外是看不透的黑暗。那條道路往前延伸著，似乎無止無盡。

他感到有些不安，然後眉林停了下來，在她面前是兩根白色的方石，一人多高，如同一道門般矗立在那裡。方石之間，是一條往上的石梯。不是青磚，而是白石築就，在火焰照射下隱隱泛著紅光。

第十一章 — 脱困

梨花淡白柳深青，柳絮飛時花滿城。

眉林原地站了一會兒，沒有繼續向前，而是將火把插在一頭石獸的嘴裡，然後倒退回來，「上面都是石頭，像……像外面的石林一樣，我不敢進去。」回來的眉林一邊收拾東西，一邊道。

慕容璟和心中一動，奈何動彈不得，否則以他之心，只怕要將這處所在研究個透徹。石梯雖然不高，但太陡，而慕容璟和的腿又太長，眉林費了好大勁才把他安全地弄到平地上，一沾地，兩人就癱成了一堆，出了一身的冷汗。

「好像是墓穴。」頭恰好枕在眉林柔軟的肚子上，慕容璟和半瞇著眼看向黑暗的上空，神色因為這個猜測而慢慢凝重起來。

且不說這墓穴是哪一朝君王的，只是看這排場，就知道裡面肯定機關重重，凶險無比。他們之所以能平安抵達此處，只怕靠了幾分運氣。

眉林想了想，雙手將他挪到地上，起身回到上面的通道口，拿起包袱和插在上面的火把走下來，然後做了一件讓慕容璟和大吃一驚的事。她將火把使勁扔向半空，看著火把在空中打了個轉，落向石道之外，忙跟著探身往下看去。

她其實只想看看上空是什麼，腳底又是什麼，就像慕容璟和沒說出口的想法一樣。

慕容璟和卻覺得她這樣的做法太過魯莽，只是阻止已來不及。於是便聽「轟」的一聲，一柱火光沖天而起，然後如漲潮時的海水般洶湧地往兩旁蔓延而去。即使眉林閃避得快，仍然被燎去了少許額髮與眉毛。

她蹬蹬蹬退到慕容璟和身邊，驚魂未定地看著眼前的一片火海，顯得有些手足無措。火光耀動，照亮了他們所處的整個空間，卻也帶來了炙熱的溫度。

慕容璟和本來也被嚇了一跳，卻立刻被她的反應逗得忍不住笑了。他一邊笑一邊瞇起眼，等到眼睛適應了突如其來的亮光後，才開始慢慢打量起周遭的一切來。

這是一個極大的溶洞，從頭頂垂落的鐘乳石來看，很顯然是天然生成的。但是那只限於頭頂。因為躺著，除了頭頂和通道的兩頭，他看不到其他地方是什麼樣。

通道的一端連接著他們來時的低矮甬道，另一端則是眉林插著火把的地方。那裡他之前只隱約看到兩塊白石和一條石階，此時才發現，那裡豈止是兩塊白石，根本就是由密密麻麻的石頭組成，果真像頭頂上的那片石林。唯一不同的是，這裡的石頭只有一人多高，一人合抱粗，就像是將巨石林縮小了放在這裡一樣。

難道真是人為的？他的疑惑越來越深，不明白什麼人要在這裡建這樣一座浩大的工程，較他慕容氏歷代帝王陵寢不知宏偉複雜了多少倍，卻又不見龍鳳圖騰，顯然非是帝王之墓。而如非帝王，又如何能建得這樣一座陵墓？

就在他思索的時候，眉林已經回過神來，一把抱起他的上半身就想往上面的甬道拖。「往中間走。」他趕緊道，目光落向石道另一端。火光映照下，那片雪白的石林如同火海中的冰島一般，清冷肅然，不受絲毫影響，只是反射著火光，隱隱約約有玫瑰色的光華在流動，美得驚心動魄。

眉林雖覺得那邊像一座孤島，只怕上去就下不來，但一路上他從未出過錯，因此心中雖然有疑慮，卻被炙熱的溫度逼得無法多加思索，於是真的向中間快速而去。

因為身體被抬高，慕容璟和在被拖動的閒暇中，終於可以看到他們所在石道以外的情況。

兩邊都是火海，然後隔著不近的一段距離，又分別是兩條石道，只是上面的石雕不同，但也是不曾見過的異獸。在那兩條石道以外，隔著大概是相同的距離，又是兩條石道，以此類推，可以知道，在中間石林的另一面，也有著相同的石道。而每一條石道的盡頭，都接著一個甬道，或高或矮，或以石門相隔，或以怪獸雕像相守。

炙熱的空氣一股接著一股地迎面撲來，讓人連喉嚨裡面似乎都要灼燒起來。

慕容璟和收回目光，看了眼身邊的鳥首怪獸，不由得啼笑皆非，有些無奈地嘆氣，「笨女人！」

眉林正火急火燎地拖著他跑，雖然說走更恰當點，但她確實是以跑的心情在往中間的小石林奔去，只是手中拖的物體太重，嚴重影響了她的速度。聽到他的話，她已無心情不悅，只是奇怪地問道：「我又怎麼了？」

慕容璟和再嘆氣，想要抬手，卻也只能想想，於是更加頹喪。

「這兩邊的獸身就是燈盞，妳為什麼非要做把火把扔出去的蠢事？」雖然說能夠看得更清楚些，但也斷了他們的退路。

獸身有一條凹縫，可見燈芯，看這火勢，也許下面就是供應燈油的所在。

眉林匆匆瞟了眼，也有些無語，腳下不停，額上鼻尖都已因高熱染滿了汗光。

「扔都扔了，現在說又有什麼用？」她有些鬱悶，這會兒才知道，原來自己也會有魯莽的時候。

慕容璟和又是一笑，正想再說點什麼，身體一頓，被放了下來。他留心一看，竟是已經到了地方。

讓人意外的是，在兩根石柱之內，彷彿有什麼東西隔著一樣，溫度竟不似外面那麼高，卻又不像在之前的甬道裡面那麼冷，倒是恰恰好，恰恰舒服。

真是個怪地方！兩人心中同時冒出這個念頭，既驚奇又敬畏。

石道上開始冒起騰騰的白氣，眉林伸手往上一探，不由得倒抽口氣，倏地又收了回來，慌忙把慕容璟和往上拖了幾個臺階。

「這下糟了，在火滅之前我們可能都出不去。」她的聲音中隱隱透出愧疚之意。

想要等到這樣大的火滅，只怕兩人不是被活活烤死，便是被活活悶死。

慕容璟和倒沒她那麼悲觀，目光從熊熊燃燒的火焰上挪開，「扶我站起來。」

聞火焰燃燒產生的氣味，並不似桐油，又或者火油，那麼會是什麼能產生這樣烈的火焰？

思索的同時，人已被攙了起來，眉林站在他的前面，用自己的背支撐著他。

慕容璟和個子頗高，下巴放在眉林的頭上剛剛好，從這樣的角度可將四周的情況盡納眼底。之前一直擱在她的肩上，其實有些委屈了。

「妳看左邊那個通道。」他指揮眉林，自己的目光則往其他方向看去。

眉林循著指點一看，全身不由得冒了一層雞皮疙瘩。只見一片密密麻麻的東西被熱氣一逼，又或者是受火光吸引，從那個高大的甬道裡爬出來，佈滿了左邊那條石道，很多落進火焰中，發出滋滋的燃燒聲。她打了個哆嗦，趕緊往對面他們來的甬道看去，確定沒有東西爬出來，這才稍稍鬆口氣。

慕容璟和再讓她看右邊，右邊的通道裡面倒是沒爬出什麼奇怪的東西，但有火焰與黑沙噴出，與外面的火焰頗有內外呼應之勢。

「看來我們的運氣還算不錯，撞到的是一條絕路，卻非死路。」他扭頭往身後泛著瑰色的白石林看去，暗自判斷裡面是否如同那些通道一樣凶險。

當然，無論是否凶險，他們都只能進而不能退，所以沒再多想，淡淡道：「走吧！」

眉林略略振作起來，火把顯然已經不需要了，因此輕鬆不少，當下一肩挎包袱，一肩承著男人的重量，開始順著穿過石林的石階爬上去。

再次出乎他們的意料，小石林並不像外面那樣無跡可尋，而是有明確的道路在裡面穿行。兩人順著那條白石鋪築的路緩緩而行，雖然看似東彎西繞，但仍能確定是在往上而行，於是不由得暗暗抹把汗，慶幸自己聽信了他的話。

「這只是一個簡單的迷局，比外面的連環局不知簡易了多少。」慕容璟和笑了笑，神色卻不見輕鬆，「但迷局之外卻是八門，休生傷杜、景死驚開，這八門吉不吉來凶不凶，踏錯一步萬劫不復。真不知道修這個地方的人究竟是想防外人闖進去，還是防裡面的人出去？」

眉林完全聽不懂他在說什麼，但仍被勾起了好奇，「我們來的是什麼門？」

兩人已走至石林之頂，一具巨大的棺槨出現在眼前，棺槨像是由一整塊白玉琢成，上面雕刻著精美的圖騰，反射著外面的火光，絢麗至極。

慕容璟和注意力被吸引過去，好一會兒才淡淡道：「杜門，為堵塞之意，有進無出，只是白費力氣，倒也不凶險。」說到這，像是想起什麼，「想來那建造此地之人必然沒想到會有人在這杜門一石之外挖一個大坑，這堵竟變成通了。」

眉林暗忖，如果不通倒也罷了，也許兩人會想辦法從那大坑裡爬出去，然後從別的地方安然離開，也不至於陷落這奇怪的所在，死生難料。她卻不知道，像這樣的地方，如果不是有慕容璟和在，別說掉進大坑，只怕已困死在外面的石陣了。至於這小小的看似簡單的石林，也不是常人能安全通過的。

「那便是此地的主人了，我們去看看究竟是什麼人，竟是這等厲害。」

眉林也注意到那個華美的棺槨，卻並不是多麼好奇，此時她最在意的不是那個死了不知多少年的人，而是要怎麼走出這個怪地方。

見她不動，慕容璟和又補上一句，「也許裡面有逃生的法子。」

果然，眉林毫不猶豫地就要帶著他快速往那玉棺走去。

「等一下。」慕容璟和背上冒了一層虛汗，為這個女人果斷中有些魯莽的性子，雖然她這種魯莽並不常見。但每次一犯，都會造成極嚴重的後果。

眉林探出的腳又收了回來，疑惑地看向趴在自己肩上的男人。

「妳看地面。」慕容璟和示意。

乍然一看，那地上分明是白色的石塊鋪就，再仔細一點，就會發現在那些雪白中有些泛著玉石的瑩潤，有的卻顯得冷硬乾澀。

眉林看出來了，卻不明白這裡面的意思，「要怎麼走？」

她也知道有些機關是設在地磚下的，但對此毫無研究，就算遇上了，只怕也唯有硬闖。

慕容璟和失笑，「妳越來越笨了。」

他自然記得她逃避追捕的那些手段，那讓他印象深刻，但自從進入這石林之後，她便越來越不愛動腦筋。

眉林嘆氣，想解釋，又頓住。她實在不好承認，那是因為他懂的東西太多，多得讓她在這種完全陌生的領域不想無自知之明地獻醜。她也不得不承認，走了這一路，對於他，她已不由自主地形成了一種依賴性，才會將那份被小心壓制住的魯莽顯露出來。

「妳用匕首輕輕點一下石面。」慕容璟和看到她無奈的表情，心情大悅，又特別叮囑了下，「別太用力。」

眉林扶他坐下，然後依言用匕首柄點向石面，第一第二塊都沒反應，在第三塊的時候卻有輕微的漂浮感，心中豁然敞亮，知道那樣的下面必有機關了。

然而從這裡到玉棺有近十丈的距離，莫不成要這樣一塊一塊地點過去？何況，就算她真的這樣做了，又要如何帶他過去？

她這邊犯難，慕容璟和卻仍然笑意盈盈，似乎還沒意識到自己有可能過不去。

眉林側臉看到，心中一動，立即決定將問題拋給他解決。

✣ ✣ ✣

太極生兩儀，為陰為陽，互為其根，運轉無窮。

當眉林聽到一聲輕彈，然後是一連串鎖鏈輪齒摩擦的聲音，眼前的一片石柱緩緩降下與玉棺所在的空地形成一個太極圖案。那一刻，她對慕容璟和的敬畏崇拜達到了頂點。

時光回溯到她將接近玉棺的難題拋給慕容璟和。

聽到她的詢問，慕容璟和將目光從那玉棺上移開看向四周，因為立於石林之巔，所以能將洞中一切盡收眼底。是時他們才發現整個洞窟的布局與他們之前想當然的並不一樣。原來這看似處於中間的石林並非一座圓形的孤島，而是呈頭圓尾小如一尾大頭魚一樣彎在洞窟一面，與熊熊燃燒的烈火形狀成一個巨大的太極圖案。另一邊確實也有通道，只不過是直接與石林相接。

慕容璟和看著這瑰奇的一幕，微微皺起了眉。好一會兒他才將目光從那毫無減小趨勢的火焰上移開，回到不遠處的玉棺以及面前這片不圓不橢的空地上。彷彿在思索什麼難解之題似的，狹長的鳳眼充滿研究性地微眯著，使得眼線看起來更長而優美。

眉林不打擾他，漫無目的地打量著這奇怪的洞穴，同時小心嗅聞著空氣的變化，以判斷兩人至少還能在此磨蹭多久。

然後就看見慕容璟和眼睛倏然一亮，往與玉棺相對的石林另一頭看去，「如果那處有一個凹穴，我便能找到法子離開此地。」

於是他們就又小心翼翼摸索過去，沒想到竟真在那裡看到一口與四周石柱格格不入的深井。深井大小與石棺相若，一眼看不到底，更看不到是否有水。

「怎麼辦？跳下去？」眉林茫然，想不出要怎麼從這樣一個黑漆漆讓人雙腳發軟的深坑逃生。

慕容璟和白了她一眼，都懶得罵人了，淡淡地說出自己的想法，「我不相信，將那巨大的棺槨抬上去的時候，那些人也要一步一踏地避著機關。」

原來目的仍在玉棺！

說話間，目光在井周逡巡，尋找著可能存在的機關。

眉林突發奇想，讓他靠著一根石柱坐在地上，然後用匕首從石柱上削下一塊石頭扔進井裡，不想許久都沒聽到迴響，不由得毛骨悚然。

而慕容璟和因為高度的改變，一下子看到井外壁上雕刻的八卦圖案，心中一動。

眉林按他的吩咐上前一摸，發現那圖案果然凸出於井外壁，但左右都扭之不動，如同與井壁是一體的。等他繼續皺眉思索的當兒，她仍抓著那個四四方方的雕刻又是轉又是推地研究，本沒抱什麼希望，卻不想隨手拉了一下，竟聽到「喀」的一聲，它竟彈出了一截來，嚇得她往後一退，等了半晌沒再有其他響動，這才放下心來，卻不敢再隨便亂動。

這邊慕容璟和看到，臉上露出喜色，「妳試一下按乾一、兌二、離三、震四、巽五、坎六、艮七、坤八的順序把它們一一拉出來。」

眉林哪裡認得這些個勞什子，於是慕容璟和又不得不一個一個地指出來。

當眉林拉到最後一個的時候，又聽到「喀」的一聲彈響，然後是沉重而緩慢的鎖鏈和齒輪摩擦聲。不知是否聲音造成的錯覺，她覺得腳下地面好像在隱隱顫動，不由得屏住氣，幾乎有些僵硬地向慕容璟和退去，希望在發生危險的時候能夠及時帶著他一起逃命。

她剛剛扶起慕容璟和，就聽到井裡傳來沉悶的咕嘟聲，好像有水在往裡面灌一樣。那種聲音越來越大，漸漸變成隆隆巨響，地面也跟著晃動得厲害。

眉林臉色煞白，不知究竟會發生什麼事，正想問慕容璟和要不要往別處逃，就見四周的石柱以肉眼可見的速度緩緩地往下沉去。

片刻之後，響聲與晃動停止，他們所站之處化為一片白石平地，而之前玉棺所在的空地玉石不知為何竟變了顏色，流動著暗夜之光。黑白涇渭分明，卻又首尾相交，如環無端，生生不息。不用站在高處，便是這樣平平地看去，也能看出這是一個太極圖。玉棺和水井恰恰是那純黑純白中的兩點反色，代表的是那陰中之陽，陽中之陰。

四周仍然石柱林立，將內外一大一小兩個太極圖分隔開來。

「我們……」對於這種變化眉林有點消化不了，茫然地看向慕容璟和，語氣艱難地詢問，「要怎麼做？」連石頭都沉了下去，這地還能踩嗎？

慕容璟和雖然知道可能有機關，卻也沒想到會出現這麼一幕，但他反應沒眉林那麼大，笑了下，「也許可以四處走走。」

在踏出第一步發現地面一如之前那樣硬，沒有絲毫虛浮的感覺之後，眉林最先看的是那口井，裡面果然如聽到的那樣灌滿了水，與井沿齊平，卻無淌出之虞。

她抹了把冷汗，對這詭異的地方越來越發怵，只希望能早點兒離開，於是不再遲疑地扶著慕容璟和往玉棺走去。

走至近處，玉棺所發出的寒意侵體而來，讓兩人都不由得打了個寒顫。

「是冰做的嗎？」眉林皺眉嘀咕，卻又覺得在這四周都燃燒著大火的地方，它卻一點也沒融化的跡象，應當不是冰。

慕容璟和沒有回答。

玉棺差不多到眉林的鼻子，無蓋，通體散發著瑩潤的光澤，卻又似隱隱流動著淡淡的青芒。

眉林看不到，見慕容璟和注視著裡面半晌，卻什麼也不說，忍不住問，「裡面有什麼？」

棺材裡面睡的是人，這她自然知道，但她想是不是應該有些別的東西，比如說能夠讓他們離開之處的提示？

慕容璟和沉默片刻，才淡淡道：「一個人。」

眉林窒了下，然後覺得求人不如求己，於是將他放下，自己則雙手撐著棺槨的外沿，輕輕躍了起來。怎麼說也練過功夫，身體輕盈，這一跳就跳到了外棺上掛著，如果不是擔心壓壞裡面的枯骨，只怕她落的地方就是棺內了。

一眼看到棺內的人時，眉林呆住了，連眼睛都忘了眨。

任她怎麼想，也沒想到會看到一個活人。好吧，至少她還沒見過什麼人死了還能保持這樣鮮活的容貌，膚色不僅不見蒼白，反而隱隱約約泛著淡淡的粉色。

當然，這只是原因之一。還有一個原因就是，這個人，這個男人，長得比她見過的所有人都要好看。

也就二十來歲的樣子，髮如黑緞，膚如白玉，五官絕美，卻眉宇含慧，帶著松竹之朗朗清氣，不會流於妖嬈。

而讓人意外的是，在這樣宏偉的墓穴裡，在這華美的棺槨中，他身上穿的竟是一襲麻衣！露出白玉一般的雙手雙腳，除了頭下的玉枕外，沒有任何的飾物和陪葬品。

沒有……陪葬品！眉林終於從美色中回過神，注意到這讓人震驚的一點。她又仔細看了一遍，確實沒有，心中著急起來，就想跳進棺中。

她這腳剛要抬起，靠著棺壁坐在地上的慕容璟和就發覺了，「妳幹什麼？」

「我想看看他死沒死，再找找他身上有沒有藏東西……」眉林頓住解釋，末了忍不住補上一句，「這男人真好看，我從來沒見過長得這麼好看的人。」

慕容璟和當然知道那個人有多好看，但是聽到眉林這樣說出來，還是有些不是滋味，於是冷冷道：「妳去吧，要撞上機關我可救不了妳。」

於是，眉林伸進去的腳又飛快地縮了回來。在見識過這裡面的各種古怪之後，她就變得像那驚弓之鳥，甚至害怕坐在這上面久了都會觸動什麼，忙跳了下去，跟慕容璟和一樣蹲在棺槨外面。

「那你說怎麼辦？」

淡淡地瞥了她一眼，慕容璟和心中突然升起煩躁的感覺，「妳自己沒腦子嗎？」話一出口就知道過了，但他素來高高在上慣了，就算明知不該，也不會輕易對一個連侍妾都算不上的女人低頭。

眉林錯愕，大概是好久都沒聽到他用這種惡劣的語氣說話，一時竟有些恍惚，好半晌才反應過來，不由得失笑，「我有……我當然有。」說這話時，她的手垂在袖下，在視線難及的地方微微地顫抖著。

語罷，不再看慕容璟和一眼，她陡然站起身，再一次翻身上棺，然後跳了進去。

棺內很大，她落腳時並不擔心踩在那人身上，卻不知為何仍然扭了一下，疼得她齜牙咧嘴，靠著棺內壁緩緩坐下，閉著眼等待疼痛緩解，手仍有些顫抖。

「喂，有什麼發現？」棺外傳來慕容璟和的詢問，語氣沒有之前那麼不耐煩。

眉林睜開眼，表情木然地在棺內搜索起來。

棺內空曠，什麼也沒有，用不了多少工夫就搜完了，她抬起頭，語氣平靜地道：「沒有。」然後，目光落在那玉枕上。

猶豫了下，她傾過身，小心翼翼地抬起那人上半身，另一隻手去拿那玉枕，誰知竟拿不動，不由得大奇。

「枕頭拿不動。」說話時，她鼻中聞到一股淡淡的松竹清香，腦子一眩，差點兒栽倒，慌忙將那人放回原處，退得遠了些坐倒。

咬舌，疼痛讓她神志微微一清，正好聽到慕容璟和的話，那聲音隔著厚厚的棺槨，顯得有些悶沉。

「你試試往下按。」

眉林偏過臉深深喘了口氣，覺得似乎好點，於是爬了過去。只是這一次她不敢再去碰那人的身體，甚至不敢去看他的臉，生怕他會突然睜開眼來，只是就這樣將手撐在他頭的兩側，往下用力。

這樣做的時候，她並沒有抱任何希望，卻沒想到那玉枕竟真的緩緩往下沉去，連同著那個男人，倒把她嚇了一跳，倏地收回手。然而玉枕和那人並沒有因為她的停下而停下，仍在繼續往下降，同時帶著四周震盪的感覺。

「快出來！」外面響起慕容璟和的催促，帶著些許焦急。

眉林臉色微變，也顧不得再去管什麼美人玉枕了，雙手扒住棺壁就往上跳，不料身體剛躍到半空，腦袋突然一昏，倒頭就栽了下去。幸得那昏眩只是短暫，加上她反應夠快，在看到落下之處不知為何竟變成了一個黑漆漆大洞的時候，匆忙往旁邊一抓，倒真讓她抓到了個東西。只是那個東西不僅沒有阻止住她的墜勢，反而被她帶得一同落了下去。

她腦子昏沉，也不知落了多久，只是反應過來自己抓著的是慕容璟和的腳，而他已經因為重量而落到了自己的下面去時，不由抓得更緊。就在她以為墜落會永無止境的時候，就聽「砰」的一聲，水花四濺，劇烈的震痛從胸口傳至全身，冰冷的水液漫頭而過，黑暗瞬間將她包繞。

她自然看不到，棺槨中沉下去的玉枕和人在沉到一定程度之後又再次緩慢地浮回原位，連同他們掉下的洞口也重新合了起來，不見一絲縫隙。

第十二章 改變

林外鳴鳩春雨歇，屋頭初日杏花繁。

清脆的鳥啼傳進耳中，身體感覺到太陽照射所產生的特有暖洋洋感，還有難以言喻的刺痛。

眉林咳了一聲，牽扯到胸腔，引起一陣劇痛，卻又忍不住喉中水濕的嗆意，於是慢吞吞地翻了個身，又是一連串的咳嗽，同時吐出那些堵塞之物，直到吐出之物帶著甜腥之味方才努力忍住。

眉林吃力地睜開又澀又沉的眼皮，久違的清亮日光映入眼中，讓她不由得抬起手擋在眼前，片刻之後才敢放下來，唇角已經翹了起來。

竟然……出來了！

就在以為必死無疑的時候，竟然就這麼出來了！

她已經不知道要怎麼形容心中的感覺，只是覺得，仍能感覺到胸口怦怦的心跳，看到太陽，真是一件奇妙美好的事。

不過她並沒有沉醉在這種感覺中太久，立即想起不知落於何處的慕容璟和，慌忙爬起身尋找，卻赫然發現自己右手仍牢牢抓著一樣東西。低頭一看，不是慕容璟和的腳是什麼？她沒想到自己昏迷了竟也沒放開他！

慕容璟和趴伏在她的右手邊，還沒醒過來，頭髮濕淋淋地散在地上，手冰冷無溫，讓人不由自主地往最壞的方面去想。

將他翻過身，看到那死灰般的面色，眉林不由得頓了一下，並不如前次那樣再去探他的呼吸，而是直接撲上去給他把肚腹中的水壓了出來，又解開他濕淋淋的衣衫，使勁揉搓那已無絲毫暖意的胸口，直到那裡漸漸回暖，能夠感覺到微弱卻不會讓人忽略的跳動時，才停下來。

眉林胡亂地收集了一堆柴，去摸懷中的火摺子，才發現竟已濕透，想要點火已是不可能。

抿緊唇，她往身上一摸，發現那把匕首竟然還在，於是連思索也不用，就近撿了一塊極硬的石頭，在周邊放了一小堆乾苔蘚枯樹葉，然後用匕首背部敲擊硬石，火星四濺，不一會兒便引燃了乾苔等物。

火生起了，火下鋪著一層卵石。

她收了一堆乾草鋪在火旁，剝光昏迷不醒的人，將衣服都晾起，又在近旁的灘邊挖出一個足有半人深的坑來，用石頭圍了邊，引了八成滿的河水，再截斷。一切忙完，人卻還沒醒，就算在火邊烤了半天，除了心窩那一點溫熱外，他渾身上下仍感覺不到一點暖意。

她也不白費勁去叫他，只是將火堆移到另一邊，然後把燒在下面的卵石全部用木棍挑進旁邊的水坑，不一會兒，那水就冒起騰騰的白霧，溫度燙手。

把慕容璟和放進水中，她也脫了衣服泡進去，從後面抱著他，給他揉搓心窩、後背。

那坑不小，兩人坐進去卻是有些擠，水蕩漾著直往上升，恰恰漫到慕容璟和的脖頸。眉林矮了他一個頭，若坐著，那就要滅頂了，於是只能跪著。

在這種時候，雖然是赤身裸體地將一個男人抱在懷裡，她心中卻沒有絲毫旖旎綺思又或者厭惡勉強，唯有一個念頭——非得把人給救回來。

大概是熱水起了作用，又或者是她的固執有了回應，懷裡的人終於發出一聲微不可察的低嘆，雖然沒醒，但已足夠讓人振奮。

眉林不由自主地收緊雙臂，額頭抵在他的後頸上，緩緩地吐出一口氣。這個時候，她才發現自己的胸口原來一直繃得緊緊的，緊得隱隱有些生疼。

等到水變溫轉涼，她將人弄上去，烤在火邊的衣服也已乾，正好給他穿上。眉林自己也收拾了一下，才坐到他身邊，打量起兩人所在之處。

是一處河谷，兩岸高山陡峭，身後密林蒼蒼，似乎還是處於深山之中。河水在此拐了一個大彎，使得他們所在這面形成了一塊三角形的河灘。河面較闊，水流緩慢，顯然這是兩人會在這裡被沖到岸上並保住一條小命的原因。

眉林嘆了口氣，抬頭看向碧藍無雲的天，以及快到中天的太陽，在最初的興奮以及一連串的擔憂忙亂之後，此時靜下來，她突然有些茫然。

被陷石林前她想得簡單，找一處偏僻的所在藏起來，想辦法解去身上之毒，僅僅如此。雖然答應過越秦，但其實那只是敷衍，她沒想過真去找他，事實上，按牧野落梅之前定下的規則，只要出了鍾山，越秦就能自由了，但她不一樣。別說牧野落梅等人，就是她的來處，只怕也會因為她的背離而不會輕易饒過她，她不想連累那個毫無心機的少年。

只是現在……現在她卻有些迷茫，似乎有什麼東西變得不一樣了。

這個男人……唉，這個男人。

一聲乾柴爆裂的聲音響起，讓眉林的思緒微頓，而後倏然反應過來自己竟然在想一堆亂七八糟卻毫無用處的東西，不由得自嘲一笑，於是站起身，打算進林子看看能不能找到點有用的草藥或者食物。

剛走了兩步突然覺得不對，胸腔卻突突地跳了起來，她站住定了定神，才有些不敢置信卻又有些患得患失地試著運轉體內真氣。只覺一股極細的氣流從丹田緩緩升起，雖然與以前相比差得太遠，但細而不斷，弱而可察，確確實實是存在的。

眉林心口微緊，又試了一遍，確定不是自己的錯覺，不免恍惚了起來，幾乎要懷疑現在這一切都是在夢裡。不然怎麼會無端端地又有了真氣？難怪之前搬動慕容璟和沒覺得有多費力呢！

甩了甩頭，雖然這事發生得奇怪，但總歸是一件好事，她也就不再糾結，覺得還是先去弄點需要的東西。這一回因為落水，不知中途撞到哪裡，平白又多出大大小小好幾處傷口，加上綻裂的舊傷，實在是比入石林前要狼狽更多，然而她卻比以往任何一個時候都充滿信心。

逃亡的途中，她曾不止一次懷念被廢的武功，卻怎麼也想不到，竟然真能夠再拿回來。這對她來說，無異於上天的恩賜，同時也讓她對迷茫而險途處處的未來有了更大的面對勇氣。

兩日後，眉林背著依舊昏迷不醒的慕容璟和抵達了一處荒僻村落。村子叫老窩子，位於一個幾乎與世隔絕的山谷，那裡土地貧瘠，村民窮困，只有一條小道通往山外，但是卻有一個懂草藥會治病的老人。

眉林是被一個在山林中遇到的獵人帶過來的，那個獵人失腳掛在懸崖之上，正好被去採野果的她撞見，便順手救了下來。獵人是老窩子村的人，看出她身上有傷，還帶著一個病人，就把他們領回了村。

村子不過二、三十戶人，大部分住在谷心的平地，也有幾戶住在山中。老人一個人住在村尾，兩間破舊不擋風的茅草房。當獵人把他們帶到那裡時，眉林著實吃了一驚。

老人也只是會治普通的一些小病小痛，就給兩人弄了些治外傷的草藥，沒收錢，卻對慕容璟和的內傷束手無策，也沒看出眉林體內有毒。

眉林本來就沒抱太大希望，自也談不上失望。但帶他們來的獵人卻覺得對不住他們，因此當聽到她說想在此地住下的時候，便積極幫他們東奔西跑地安排。跟村長和所有村民都打好了招呼，又喊了些人幫著把一座早已無人居住的房屋收拾出來，該補的補，該修葺的修葺，不過一天的時間，眉林他們就有了自己的落腳處。

那房子其實不錯，石基木梁，雖然是土牆，但夯得極堅實，連裂口都沒看見。三間正屋、一個廚房、一個柴房，有雕花的木窗，還有一個院子，雖然有些破舊，但仍比該村大部分人家的房子都好。但獵人最開始並不贊成他們住那個房子的，他說他們真想留下的話，可以請大夥兒幫他們新蓋兩間屋。因為房子的原主人一家子在前幾年陸陸續續都死了，一個都沒有活下來，村子裡的人都說是那屋子的問題，因此過了這麼久，也沒人想過去動它。

對此，眉林倒不是很介意，於她來說有一個落腳處就不錯了，哪裡還有那麼多講究，她甚至有些慶幸這個所在讓其他人那麼避諱，否則哪兒輪得到他們居住。

因為她堅持，獵人也沒有辦法，只是在他們住進去之前，多叮囑幾句罷了。

在進去之後，看著屋內留著的原主人曾經用過的那些東西，眉林心中再次升起慶幸之感。

從鍋枕瓢盆到被褥衣物，竟是一應俱全，雖然有些破舊，且因為久無人用，早已積滿灰塵和潮氣，但整整齊齊擺在那裡，當真沒人動過的痕跡。由此可見村民對此屋的忌諱有多深。

眉林並不嫌棄，事實上，她身上一文錢也沒有，根本沒辦法在短時間內置辦出這麼多東西。而獵人以及那些好客的村民本身就夠窮的了，就算他們有心相助，也拿不出來什麼什物來。

眉林覺得自己的運氣似乎在慢慢轉好。

接下來她著實忙碌了幾天，清掃房間，拆洗被褥以及那些舊衣，又趁著太陽正好，把棉被等物全部曬過，割艾草熏了，去掉潮氣異味。還入山打了頭麃子，幾隻野雞回來，湊合著吃了數日。

等她都收拾得差不多，可以歇一口氣的時候，慕容璟和仍然沒醒，但氣息已經平穩下來，彷彿只是睡熟而已。這讓她很不安，於是又跑去找那個老人。

老人摸著白鬍子想了半天，才顫悠悠地說用人參大概是行的。說完這話，他長長地嘆了口氣，自然是知道這話其實是白說的。住在這小山村的人，別說是人參，怕連人參鬚都買不起。而眉林他們尤其窮，簡直可以說是一無所有，儘管他們看上去實在沒窮人的樣子。

果然說完這話，眉林就有些呆怔，好一會兒才問，「這山裡有人參嗎？」

老人搖頭。

於是眉林又問，「哪裡有人參？」

「城裡的藥鋪當是有的。」老人說完又嘆了口氣。

眉林道了謝，慢慢走回去。在路上她遇到獵人，從他那裡知道城離這裡相距數十里路，村子裡的人進一趟城來回要花上兩三天的時間。

「是京城嗎？」眉林突然想起自己還不知道這裡究竟在哪裡，離昭京有多遠。

獵人有一瞬間的驚訝，然後笑了起來，「當然不是，聽人說京城離這裡有好幾百里遠呢！是安陽城。」

眉林目瞪口呆，等回到家才緩過神，她不由得撲到昏迷不醒的慕容璟和身邊，俯在他耳邊輕輕道：「我們真的到了安陽附近。」

慕容璟和臉色雖然蒼白，但神情卻是從來沒有過的平和安詳，他身上在逃亡途中擦撞出來的外傷都好得七七八八，只是一直不醒。

眉林不知道問題出在哪裡，她寧可面對那個尖酸刻薄但充滿生機的慕容璟和，也不願看到現在這個安靜得讓人無力的男人。

「你再這樣睡下去，我就把你丟進山裡去餵狼！」她不高興地嘀咕，伸手輕輕捏了一下那高挺的鼻子，直起身給他掖好被角，然後轉身出了門。

眉林是一個是非觀念不是那麼強烈的人，在她心中，沒有什麼比活著更重要，所以在必要的時候，她是可以為之做出一切在別人看來不應該的事。她很清楚，那些所謂的禮義廉恥只是在有命的時候才能談的，跟一直與死亡打交道的她向來是沒啥關係。

對於慕容璟和，要按兩人剛剛搭夥那會兒的想法，她是絕對不會花太多心思去救他。反正已經逃了出來，他若就這樣死了，對她其實是利大於弊的。但是現在她想要救他，不管出於什麼原因，既然下了這個決定，她就一定會把他救活救醒。這種自信其實並非盲目自大，而是因為一旦她決定好某件事後，便會不計一切代價去達成。

所以她去了一趟安陽城，把全城大小藥鋪光顧了個遍，回到老窩子村時，帶回一包袱的人參。她琢磨著怎麼也夠慕容璟和吃上一段時間的了。之所以下手這麼狠，一來怕做過一次後引起警覺，下一次便沒這麼易取了，二來就是因為她體內的毒快要發作，恐怕沒有精力再進一趟城裡。

只是她怎麼也想不到，等她踏入家門時，慕容璟和竟然已醒了過來！

他正睜著眼看著旁邊的木窗發呆，聽到聲音便轉過頭來，臉色仍然蒼白，神色如昏迷時那麼平靜，看到她也沒什麼變化。

「給我弄點東西吃。」他開口，卻什麼也沒問，還是一貫的命令語氣。

眉林眼中驚喜一閃即逝，腳本來已往前跨了兩步，又倏然收住，微微一點頭，便提著帶回來的人參去了廚房。過了一會兒，她便端著一碗熱騰騰的粟米粥進來。

「這是昨日的，你先吃點兒。」不理會他微微皺起的眉，將他扶坐在炕頭，背後墊了床褥子撐著，便開始笑吟吟地餵起來。

慕容璟和也只是有些不悅，但並沒說什麼，悶不吭聲地吃完了一碗粥。事實上他是前半夜醒的，那個時候眉林正在趕往安陽的路上。四周黑漆漆的，只偶爾能從窗縫中看到一兩下閃爍的星光，面對安靜而陌生的一切，他無法不恐懼，卻又找不到人來問，這種情緒一直持續到眉林歸來。

他不得不承認，當看到眉林的那一刻，那懸吊了一夜的心瞬間便落回了原處。

只是無論之前眉林曾怎麼想過，真脫了險，她反倒有些不知該如何處置慕容璟和了。她也乾脆，直接問他想去哪兒。

「去哪兒？我哪兒也不去。」慕容璟和正在喝她熬的人參燉野雞湯，聞言連眼皮也不抬，淡淡地道。

這個回答有些出乎眉林的意料，她知道這不會是他真心所想的，但仍不由得有些欣喜。這種欣喜毫無掩飾，顯在了眉眼間。

慕容璟和沒有察覺，久違的熱湯讓寡淡的味覺終於得到了彌補。

眉林沒有再說話，專心餵完了湯，讓他靠坐在炕頭消消食，還撐開了炕旁的窗子，讓外面的景致流瀉進來，才端著空碗出去。

窗外就是院子，籬笆圍牆，柴扉掩門，一口苔色斑駁的水井位於籬笆左近。院子裡是壓實的泥地，一條石子鋪成的小路從正屋延伸到院門。籬笆內外長著幾棵枝葉掉落的老樹，一時也分不清是什麼樹種，黑壓壓的枝條橫展開來，映著澄藍的天，著實有幾分野趣。越過籬笆，可以看到遠處別家的屋頂以及更遠處的山林石崖。

慕容璟和靜靜地看著這一窗之景，眸光沉斂，靜若深水。

眉林是隨遇而安的性子，對住的地方並不是很挑剔，所以一旦安定下來便沒打算再離開。慕容璟和不說走，她自也不會熱心過頭地為他做決定。事實上，如果真把他送去他該去的地方後，這裡便不能再住了。她覺得她挺喜歡這裡的，他不走那自然是最好。

既然慕容璟和那邊沒事，她就要全心為過冬做準備了。或許不僅僅要考慮衣食的問題，還有其他。

將砍回的柴一捆一捆地抱進柴房，眉林一邊忙碌，一邊在心裡一件件地盤算需要做的事。卻想不到在抱到還剩下小部分的時候，連柴帶人一頭栽倒在柴房的地上。

陰了兩日的天終於下起雨來，雨不算大，但淅淅瀝瀝的確實惱人。

慕容璟和看著院子裡沒抱完的柴被打濕，雨水被風吹過半開著的窗子，灑在他半蓋著的舊棉被上，不一會兒便濕了一大片。

直到天色擦黑，眉林才不知從哪裡悄無聲息地冒出來，手中舉著一盞光線昏暗的桐油燈，映得一張秀麗的臉青白如鬼。

雨仍在嘩嘩地下著，有加大的趨勢。

慕容璟和靜靜地看著她爬上炕把窗子關了，又撤掉那因為吸飽了水而變得沉甸甸的被子，並用乾布巾擦拭褥子上的水漬，開口打破沉默，「妳去哪兒了？」

眉林手上頓了下，然後又繼續，「村裡有人讓我去幫忙，去得久了些。」

她額髮低垂，有些凌亂，有些濕意。

慕容璟和從那輕淡的語氣中捕捉到壓抑過的緊窒和疲憊，長眸微瞇，微帶不悅地嘲弄，「妳這女人有幾句話是真的？」他話中有話。

眉林抬頭看了他一眼，抿唇扯出一個勉強算得上是笑的弧度，沒反駁他的話，卻也沒再說別的。

她比以往任何時候都要沉默，但該做的事卻一樣沒落下。

燒了炕，有被子擋著，褥子濕得不多，所以沒換，事實上也沒可換之物。因此只能就著炕的熱度烤乾。燒水給慕容璟和泡了個澡，將那一身的冰冷除去，又伺候了飲食大小解，用稍厚的乾淨衣服替代換下來的被子湊合一夜，方才算忙完。

仔細想來，似乎都是在圍著慕容璟和打轉，關於她自己，反倒沒什麼可做的。以往為了方便照顧他，加上沒有多餘的被褥，並節省燒炕的柴火，兩人都是同炕而眠。這一夜在服侍他睡下後，她便端著油燈走了出去，再也沒回來。

這一夜，炕始終沒冷過。

雖然沒有被子，慕容璟和卻覺得熱，是熱，卻又不會燙得讓人難以忍受。只是他總睡不著。也許無論是誰，成天躺著什麼也不能做，都會睡不著。

灶房那邊不時傳來細微的響動，讓他知道，她也是一夜沒睡。

天色還沒完全清亮，眉林就端著一碗熱粥和兩個饃饃走了進來，這一次她沒點燈，在傾身扶他的時候，手有些打顫。他看到不過短短的一夜，她的眼眶似乎就陷下去許多，唇白得跟死人一樣，上面還有著深深的咬傷。

「妳……」側臉避開遞到唇邊的粥，慕容璟和猶疑了一下，還是問出了口，「怎麼了？」

勺子碰到碗壁發出清脆的響聲，眉林不自覺地又咬住了唇，牙齒陷進凝血的傷口，手上的顫抖微微止住，胸口急劇起伏了兩下，驀然抬眼盯著他，脫口道：「你給我解藥，我送你去你想去的地方。」

慕容璟和目光與她相接，沒有避讓，裡面充滿研究的味道，緩緩道：「什麼解藥？」

眉林目光黯淡下去，不再說話，又將勺裡的粥遞了過去。

慕容璟和目光落在她出血的唇上，半晌才張開嘴，將勺中的粥喝下。喝了小半碗，又吃了大半個饃饃，他便別開了頭。

「我說過哪裡也不去。」看著坐到一邊低頭悶不吭聲吃他剩下食物的女人，他再次重申。

眉林嗯了聲，沒有抬頭，臉上也不見那日的歡喜，微微彎曲的背讓人感到一種彷彿隨時都有可能斷裂的緊繃。

匆匆將殘剩之物吃完，她便走了出去，再回來時，手上抱著昨日打濕的被子。此時已乾，蓋上身上時，尚能感覺到帶著柴火味的暖熱。

「我中午前會回來……」給慕容璟和翻了個身，又按揉了兩下四肢以及挨著炕的那面身體，目光看向透進曙光的窗子，雨仍沒停，啪啪地打在上面，「下雨，今日就不開窗了。」

她其實也知道，從早到晚都躺著，連翻身都做不到，是一件多麼難受的事。所以常常在出門前會給他把身體稍稍墊高一點，然後打開窗戶，至少讓他的視線不用困在一屋之內。

「去哪裡？」慕容璟和看著她，若有所思地問。

眉林搖頭，沒有回答，抬手順了順有些凌亂的髮，快步走了出去。

看著她的背影消失在門口，然後是關門的聲音，慕容璟和眼中掠過一絲陰霾。

眉林並沒去別的地方，她找了那個老人，回去時也不過是弄了點普通的解毒止痛的草藥。她心中其實知道是沒多少用處的，但試試無妨。

她其實可以將慕容璟和的情況傳遞回組織，還有石林下那神奇的墓穴，任選一項都能幫她拿到解藥，而且還是效果最好的那種。但這種想法只是在她腦海中一閃而過，便被毫不猶豫地拋開了。

且不說洩露慕容璟和的行蹤會惹來多大麻煩，便是她自己，好不容易才有機會脫離組織，再回頭去招惹，不是沒事找事嗎？何況到現在為止，她仍然無法確定慕容璟和究竟是不是那個人，更不敢魯莽行事了。

早上那一詐，不僅沒讓她看出絲毫端倪，反而迷惑更深。不過也不稀奇，鍾山一劫，她已知道若論玩心眼，自己那是拍馬也及不上他的。與其這樣，以後倒不如直來直往的好。

回到家，眉林熬了草藥喝下，除了那從喉嚨一路滑到胃部的溫暖以及苦澀外，並沒有其他特別的反應。疼，還是分筋錯骨，萬針鑽心的疼，即便這麼多年已經熟悉了，卻並沒有因此而變成習慣。

力氣在一點點失去，內力卻越來越澎湃，鼓脹著因毒發而變得脆弱的經脈，似乎隨時都會噴薄而出，將她撕成碎片。

她一直知道內力恢復得蹊蹺，但沒想到有一天它也能變得致命。

顫抖著手抓住近旁的東西，她站起，還沒緩過氣，胸口一陣翻騰，「哇」的一下，剛剛喝下的藥又全部吐了出來。本來就藥味彌漫的廚房味道更深了一重。

眉林掏出手絹，擦去口鼻上殘留的汁液，定了定神，然後走到水缸邊舀冷水漱口。

再出現在慕容璟和面前，她已將自己整理得乾乾淨淨，除了臉色不好外，並不能看出什麼。慕容璟和既然問過她一次，沒有得到答覆，便不會再問。

就這樣過了兩日，到得第三日時，眉林終於支持不住，在慕容璟和面前暈了過去。

醒來時，一眼看到他皺著的眉頭，她也沒解釋什麼，自去喝了兩口冷水，讓精神稍稍振作起來。

「我無法繼續照顧你……」回來時，她開門見山，「你說個可靠的地方，我送你去。」說這話時，心中突然一陣難受。原來就算她想養他一輩子，就算他願意讓她養，也是不行的。

慕容璟和靜靜地看著她在短短兩天內急驟消瘦下去的面龐，緩緩開口，「扔掉我，妳欲去何處？」

眉林的心窩被「扔掉」兩字刺得一縮，但這個時候已不想去計較，深吸口氣，勉強平穩了氣息，苦笑道：「走到哪兒算到哪兒。」

她本打算長居此地，奈何熬不過毒發之苦，只能四處走走，看能不能尋到解毒之法，哪怕是能緩解一點疼痛也是好的。

慕容璟和沉默下來，目光從她臉上移向窗外，看遠山橫翠，間雜褐黃醉紅，半晌才淡淡道：「妳若嫌我累贅，自去便是，何必管我。」

眉林怔了下，她沒想到他會這樣說。按他以前的脾氣，如果還用得著她，只怕是用威脅，而不是說這樣負氣的話。

動了動唇，她想說點什麼，卻又不知要說什麼好，最終只是輕輕地嘆口氣，走了出去。

她當然不會丟下他，但帶著一個渾身不能動彈的人四處求醫也是不現實的，於是只能留在原地，撐過一天算一天。

之後的某一天，慕容璟和突然告訴她，「據說，曼陀羅的葉與地根草的根合用，可以止痛。」

這兩種藥山中可尋，眉林現在已沒什麼可顧慮的了，便試著去採了些來熬水喝下。當下效果不顯，過了一兩個時辰，就在她以為沒用的時候，那折磨了她數天的疼痛竟真的緩和了不少。

眉林想，是不是再加重點藥量，就能完全去除疼痛？於是便趁著精力稍復，她又進山採了一背簍的曼陀羅和地根草來，覺得多弄點總是沒錯。

慕容璟和透過窗子看到，嚇了一大跳，趕緊喊住她，沒好氣地道：「妳若想死，用那把匕首多乾淨俐落，何必多此一舉。」

眉林終於知道，這兩種藥用量如果太大，是會死人的，她想依靠加大藥量來解除體內毒性的想法不得不宣告破滅。但無論怎麼說，有了這兩種草藥，總是比之前好過了許多。

肉體的疼痛不再是不可忍受，那一夜，她終於又回到炕上，多日來第一次入眠，一直睡到藥效過了，被疼痛喚醒。只是這樣，她已經很滿足。

先去廚房熬了碗藥汁喝下，在等待藥性起效的過程中，她做好了早餐，給醒來的慕容璟和梳洗。吃罷早飯，藥汁開始發揮作用，她抓緊時間入山，籌備過冬之物。

體內恢復的內力每天都在以可以感覺到的速度增長著，在疼痛緩和之後雖然不再如之前那樣強勁暴烈得像要破體而出，但仍會脹得人難受，恨不得找什麼東西發洩一通。

於是眉林拼了命地打獵，卻想不到明明頭一天還耗得筋疲力盡，內息油盡燈枯，連動一下都難，一覺醒來後，體內真氣反而更加澎湃囂漲，凶猛充沛。

對練武之人來說，這種現象無異於飛來橫福，但眉林卻並沒為之竊喜。她可以感覺出，這內力與以前在暗廠所修的並不一樣，太過強橫，強橫到也許有一天會連宿主一併吞噬！

全二冊，未完待續

國家圖書館出版品預行編目資料

春花焰／黑顏 著 . -- 初版 .
-- 臺北市：東佑文化事業有限公司，2024.11
冊；　公分 . --（小說 house 系列；668）
ISBN　978-986-467-472-5（上冊：平裝）

857.7　　113016046

小說 house 668 > **春花焰．上**

作者：黑顏
美術總監：T.Y.Huang
美術編輯：賴美靜
企劃編輯：江秋阮
發行人：黃發輝
出版者：東佑文化事業有限公司
地址：103022 台北市南京西路 61 號 5 樓
電話：02-2550-1632
傳真：02-2550-1636
E-mail：tongyo@ms12.hinet.net
網址：http://tongyo.pixnet.net/blog
劃撥帳號：18906450
戶名：東佑文化事業有限公司
登記證：行政院新聞局局版台業字第 5360 號
法律顧問：黃玟錡律師
出版日期：2024 年 11 月初版一刷
定價：290 元

書店總經銷：旭昇圖書有限公司
地址：235026 新北市中和區中山路二段 352 號 2 樓
電話：02-2245-1480　　傳真：02-2245-1479
出租總經銷：華中書局
地址：108056 台北市萬華區長泰街 34 號
電話：02-2301-5389　　傳真：02-2303-8494

ISBN：978-986-467-472-5
原著作名：《春花厭》
作者：黑顏